「……あぁ」
マリーアはびくっと腰を跳ねさせた。
「……気持ちいいんだ?」
ジークが瞼を半ば閉じた。不遜な目つきだが、なぜか艶めかしく見える。

こじらせ皇太子は女心がわからない

氷上の初恋

藍井 恵

Illustration
緒花

gabriella

こじらせ皇太子は女心がわからない　氷上の初恋

contents

gabriella

イラスト／緒花

こじらせ皇太子は女心がわからない

氷上の初恋

プロローグ

「ジーク、あなたはオーレンドルフ帝国皇帝とエスピノサ公国公女のもとに生まれた、完璧な血筋を持つ皇太子です。なすこと全てが完璧でなければいけません」

これは、オーレンドルフ帝国皇太子ジークフリートが物心ついたときからずっと母親である皇后に言われ続けた言葉で、呪詛《じゅそ》のように彼の心を縛りつけてきた。

ジークフリートは勉学でも馬術でも射撃でもダンスでも、なんでも一番になることを母から要求され、見事に応《こた》えた。

それでも彼の父親である皇帝ラングハイン七世は、ジークフリートを顧《かえり》みることも、ジークフリートの母親に愛情をかけることもなかった。皇帝と公女は政略結婚で、初めて会ったときには結婚が決まっていたのだ。

ジークフリートは皇帝の愛情という点ではどうしても一番を取れなかった。それは彼が生まれた二ヵ月後、皇帝の愛妾《あいしょう》アマーリエから男児ディレクが生まれたことが大きい。

皇后は辛《つら》い現実から目を背け、皇太子ジークフリートの教育にのめりこんでいく。

とはいえ皇太子とて人間である。人間が全てを完璧にこなすことなどできない。六歳のとき、ジークフリートは近衛《このえ》兵の馬に乗りたいとせがみ、それに応じた大尉《たいい》は近衛隊から消えた。どんな僻地《へきち》に飛ばされたのかはわからない。

八歳のとき、外国の大使の前で挨拶をし、単語の発音をひとつ間違っただけで、外国語の教育係が罷免《ひめん》された。

規律違反や失敗のたびに、ジークフリートは母親から「おまえがそんなことだから、お父様は私の部屋にいらしてくださらない」と、責められた。

子ども心に彼は、自分がいくら優秀であっても皇帝が夜、母親の部屋に来ることがないのを知っていた。どのみち父は愛妾のもとに行く。そしてそこにはディレクもいるのだ。

愛妾は乳母《うば》に任せず、自分の手で子を育てていると聞いた。そんなところを庶民《しょみん》的だと母は蔑《さげす》んだが、ジークフリートはディレクが羨《うらや》ましかった。乳母は優しいが、皇太子を育てるのは栄誉ある義務であり、愛情からではない。

だが、それを口にすることはなかった。ジークフリートが母親に愛されないように、母親もまた父親に愛されていない可哀《かわい》そうな女なのだ。

実際、異母弟ディレクは、ダンスと音楽以外は何も秀《ひい》でていなかったが、父である皇帝に可《か》愛《わい》がられていた。

ジークフリートはディレクに羨望の眼差《まなざ》しなど向けてはならない。母親が傷ついてしまう。

傷ついた母親はいつにも増して不機嫌になり、ジークフリートに厳しく当たるのだ。

「兄上は何が楽しくて生きているのです？」

半笑いでディレクがこんな質問をしてくる。父親の愛情を笠《かさ》に言いたい放題だ。

——挑発に乗ってはだめだ。

「何かをやり遂げたときは、とても楽しいよ？」

ジークフリートはできるだけ尊大に、そして落ち着いた声で答えた。

彼が声を荒らげたりしたら、母とその母国エスピノサ公国の名を傷つけ、そして、父親の心はいよいよ母から離れてしまうだろう。

皇帝は、公式行事には必ず母を帯同するが、母を嫌悪するようなことになれば、それすらもなくなるかもしれない。

ジークフリートは完璧な皇太子を演じているうちに、本当に完璧になっていった。しかも彼は透明感のある空色の瞳をした凛々《りり》しい顔立ちの、長身の青年へと成長していた。

淑女《しゅくじょ》を巧みにリードするダンス術もプロ顔負けである。彼はいやになるくらいもてた。淑女たちからうっとりした眼差しで見つめられ、褒《ほ》めそやされ、秋波《しゅうは》を送られる。家格や美貌に自信のある淑女たちの中には、愛の告白をしてくる者もいた。

どんなに美しい女性にアプローチされようが、ジークフリートは全く相手にしなかった。皇太子は陰で、難攻不落の氷の殿下と呼ばれるようになり、それがますます彼の人気を高めた。

だが、ジークフリートには恋愛したいなんてこれっぽっちも思えなかった。

なぜなら、貴族女性は皇太子とは結婚できないからだ。皇太子は王女か公女を娶《めと》ることが決まりで、彼女たちが狙っているのは愛妾の座なのだ。

愛妾のせいで、幼いころから苦しめられているジークフリートは、愛妾になりたいと願う淑女たちを心で軽蔑《けいべつ》しながら、美しい笑みを浮かべてダンスで優雅にリードする。

踊るジークフリートの後ろには、皇帝の隣に並んで座る母の目が光っていた。

ジークフリートが二十一歳のとき、皇后が病に倒れた。母は息子にこう言い遺《のこ》す。

「ジーク、私はもう長くは生きられないでしょう。公女を娶るのです。ミヒャルケ公国には適齢期の公女がいます。公女を娶ればあなたの後ろ盾《だて》となり、アマーリエの子爵家などものともしない存在になれるでしょう」

「そんな弱気なことをおっしゃらないでください」

彼は完璧な皇太子として模範解答を口にするが、心の中では全く違うことを思っていた。

――母上、最後の最後まで私の人生を縛るのですね――。

逆らわなかったのは、母が悲しい人間だと知っていたからだ。

そして、このプライドだけで生きてきた哀れな女性《ひと》は自らの予告通り、翌日、息を引き取った。死に際《ぎわ》に、皇帝が見舞いに来てくれたのがせめてもの救いだ。

ジークフリートは自分でも驚いたことに母の死が全く悲しくなかった。心のどこかで、ほっとしていた。だが、そんな気持ちは封印した。完璧な皇太子は、母の死を悼《いた》むものだからだ。

皇帝に、ミヒャルケ公国公女を娶りたいと相談したら、「公女の息子らしい選択だ」と、賛同してくれた。

とはいえ、ジークフリートは父親のようになる気はなかった。彼は心の底で固く決意する。

母のような女性を、自分のような子を作らないためにも、公女を娶ったら全力で愛しているふりをしようと――。

調べたところ、公女は来月、十八歳になり、花嫁修業の修道院から出てくるそうで、そのときが絶好のチャンスだ。とにかく虫がつく前に、皇太子である自分が求婚しなければならない。

ジークフリートは早速、ミヒャルケ公国の大公宛てに公女への美辞麗句《びじれいく》を並べ立てた結婚申し込みの信書をしたため、最も信頼できる従者クルトに託した。

クルトはジークフリートの乳兄弟《ちきょうだい》で、完全無欠の皇太子に心酔しており、頼めばなんでもすぐに実行してくれる。

ところが、クルトが持ち帰った、大公からの信書には、公女は修道院から出てきたばかりで結婚は時期尚早《しょうそう》とあった。

大国オーレンドルフ帝国の皇太子が求婚しているのにこの扱い。どういうことか。

――もしや、ディレクもちょっかいを出しているんじゃないだろうな。

公女という箔《はく》を最も必要としているのは、公女の息子ではない第二皇子ディレクのほうかもしれない。ジークフリートが皇帝である父親に相談した時点で、ジークフリートの動きが異母弟ディレクに漏れたとも考えられる。

皇后の子はジークフリートしかいない。とはいえ、皇太子である彼が命を落とせば、愛妾の子、ディレクが皇太子になる可能性が出てくる。妻の家柄次第だ。

実際、母である皇后が亡くなってからというもの、ジークフリートは一度、毒殺されかかり、一度、馬車に細工をされた。

ただ、証拠を掴《つか》まずに皇帝に訴えても、却《かえ》って自分の立場が危《あや》うくなるというものだ。

――やはり私には、ミヒャルケ公国という後ろ盾が必要だ。

ジークフリートはいてもたってもいられず、自ら馬に跨《また》がり、クルトと腕の立つ近衛騎兵四人を引き連れて皇宮を出た。

ディレクを刺激しないように、ミヒャルケ公国に向かったことは伏せ、表向きの理由を、ケガの温泉治療ということにしての旅立ちだ。なので、温泉保養地のラトギプを過ぎたあたりで、ジークフリートはコートを毛皮から毛織物に替え、平民を装った。

帝都から公都まで馬車なら一週間以上かかるところを馬で飛ばしたので、彼は三日目にミヒャルケ公国の地方都市リールシュに着き、早馬で皇太子の訪問を大公に報《しら》せる。

リールシュで一泊し、翌朝になると、皇太子らしい金糸の刺繍《ししゅう》入りの丈長《たけなが》の上衣《じょうい》を身に着け、事前に用意させておいた豪奢《ごうしゃ》な馬車に乗り、公都にあるクーネンフェルス宮殿に赴《おもむ》いた。

ミヒャルケ公国は芸術の国だけあって、全く防御のことを考慮に入れていない、平地に建てられた華美な宮殿だった。壁はクリーム色だが、全ての窓の両端には上部に黄金の彫像が飾られており、屋根にも黄金の装飾が這《は》っている。

——ここの公女もこんなふうにごてごてと着飾っているのだろうな。

そんな諦《あきら》めにも似た心境で、ジークフリートは馬車の窓から宮殿を見ていた。

黄金の柵でできた門扉《もんぴ》が開き、幾何学《きかがく》的に配置された木々と芝生の庭を進むと、エントランスには皇太子の訪問を待ち構えるかのように使用人や軍人の列ができており、その中央には大公と見られるどっしりと構えた金髪の顎鬚《あごひげ》男がミンクの毛皮を羽織って立っていた。その横に立つ白い毛皮のコートを着用している女性は若くないから大公妃だろう。

公女が見当たらなかった。

エントランスの前で馬車が停《と》まる。普通は従者が先に降りるものだが、第一印象を鮮烈にしたくて、最初に、ジークフリートが颯爽《さっそう》と馬車から降り、堂々と挨拶をする。

「大公ご夫妻、初めまして。オーレンドルフ帝国皇太子、ジークフリート・コルネリウス・フォン・キルンベルガーです。このたびは突然の訪問にもかかわらず、このように歓迎していただいたことに感謝申し上げます」

そう話している間もざっと見回したが、大公夫妻の近くにいる子女は、十代前半の男子二人しか見当たらない。

大公が形ばかりの笑みを作り、手を左右に広げた。

「わざわざ皇太子殿下に足をお運びいただけるなど、身に余る光栄でございます。ただ、大変申し訳ないのですが、娘は体調が悪く、転地療養のために、五日前に保養に出したところでございます。ご訪問がわかっていたら、ここに留《とど》まらせたものを……残念で仕方ありません」

──狸《たぬき》め！

心の中で悪態をつきながら、ジークフリートはにっこりと目を細めた。使用人の女性たちが一斉に色めき立ったが、こんなことはよくあることだ。

「では、お帰りになるのを待たせていただけますでしょうか？」

「いえいえ、体調が戻るまで帰ってこない予定でして、殿下の貴重な時間をそんなことで浪費させるわけにはいきません」

「未来の皇太子妃のためなら、決して浪費ではありませんよ。むしろ、いつお会いできるのかという期待で楽しく過ごせるというものです」

大公が大公妃と顔を見合わせた。大公妃が愛想笑いを向けてくる。

「あの……ここは寒いので、まずは中にお入りになって、歓談といたしましょう」

その後、ジークフリートは装飾品などの贈り物を渡し、郷土料理や酒で歓待を受けた。その間《かん》、クルトに密《ひそ》かに調べさせたところ、公女が五日前に旅装で出かけて以来戻っていないのは真実だとわかった。

ジークフリートは女性受けがいいことを自覚していたので、会えば、公女の心を掴める自信があった。だが、大公は、そっとしてやってほしいと、公女がどこで療養しているか言おうとしない。本当に療養しているかどうかも怪しいものだ。

皇太子ジークフリートは、こんな失礼な目に遭《あ》ったことがなかった。だが、ここで失礼だと怒ったり、会わせるよう脅《おど》したりしたら、いよいよ公女との結婚が遠のいてしまうので、怒りを隠して笑顔の仮面をかぶり、歓迎の宴会を乗り切った。

客間に戻り、ミヒャルケ公国の使用人がいなくなると、ジークフリートの代わりにクルトが怒りを爆発させた。

「全く、ミヒャルケ公国は、素晴らしい皇太子と結婚できるチャンスだというのに、なんて愚《おろ》かなのでしょう！」

だが側近にそんな台詞《せりふ》を言わせるなど、却って情けなく感じられるというものだ。大公は、ジークフリートの足元を見ているのかもしれない。すなわち、皇太子は皇帝に愛されておらず、そして皇后という後ろ盾を失っている——。

——未練たらしくこんなところに居座っていていいのか？

それは完璧な皇太子像に傷をつけるような行為だ。

ジークフリートは余裕を見せようと、ゆっくりと長椅子に腰を下ろす。

「クルト、全くその通りだ。こんなところで時間をつぶすなど無駄の極みだ。明日の朝には、温泉療養に出かけるぞ」

ジークフリートは翌朝、急用ができたと、クーネンフェルス宮殿を辞《じ》し、もともと口実に使っていたオーレンドルフ帝国有数の温泉保養地であるラトギプへと向かった。

ここは、以前ケガをしたとき治療に行ったことがあり、なんといっても、公都と帝都を結ぶ道のちょうど中間にあって行きやすいのだ。

ラトギプは丘の上にあり、ジークフリート一行はそのふもとで、一旦、馬を休ませようと池のほとりに立ち寄った。近衛兵たちが馬の飲み水を作ろうと大鍋に雪を入れている。

ジークフリートは池のほうに人の気配を感じ、身を隠しながら近づいた。大木の陰から顔を出したとき、彼は目を瞠《みは》った。普段、顔にあまり表情を出さないジークフリートとしてはとても珍しいことだ。だが、それも当然と言えよう。

妖精《ようせい》が黄金の髪をふわりと広げ、空中を舞っていたのだから。

——なんて、美しい！

この瞬間、ジークフリートの中で今までの全てをひっくり返すような革命が起こったが、本人はまだ気づいてはいなかった。

第一章　シャバ最高！

ミヒャルケ公国公女、マリーアの心は高揚していた。

ついでに言うと、彼女の体自体も高揚して宙に浮かんでいる。

マリーアは空中で回転していた。着地するのは氷上だ。マリーアは凍結した池でスケートをしている。

「マリーア様、す、素晴らしいです！　私、うっとりしちゃいました！」

池のほとりに控える侍女カロリーネが、すごい勢いで拍手をしていた。カロリーネは一見、小柄で可愛いが特殊な訓練を受けており、マリーアの身辺警護も兼ねている。

ここはオーレンドルフ帝国にあるシッテンヘルム城のほど近くにある池で、マリーアが幼いころから、伯母《おば》にスケートを教えてもらった隠れ家ならぬ隠れスケート場だ。

シッテンヘルム城は、オーレンドルフ帝国の公爵と結婚した伯母の家で、マリーアは幼いころからときどき遊びに来ることがあった。

とはいえ、ひと月前まで四年間にわたり、マリーアは修道院に収容されていたので、ここで滑るのは久しぶりだ。

——いえ、収容じゃない、あれは収監《しゅうかん》だわ！

修道院の敷地内で、ひたすら淑女の礼儀作法と聖書を学んでいた。同じ日課が何度も何度も繰り返される地獄。あそこが監獄でなくてなんだというのか。

体を動かすのが好きなマリーアは乗馬をすることもかなわず、自室でダンスやスケートのエア練習をして体を動かしていた。

唯一楽しかったことといえば、寒い冬の日に、修道女にばれないよう、倉庫の裏に水を撒《ま》いて仮のスケート場を作り、こっそりスケートをしたことぐらいだ。

ひと月前、修道院からやっと出て、生まれ育ったクーネンフェルス宮殿に戻ったところ、時機を見透かしたように、オーレンドルフ帝国皇太子から結婚の申し込みが届いた。皇太子自らいつでもミヒャルケ公国に赴くとも書いてあった。

この皇太子ジークフリートはかなりの切れ者で、皇太子だというのに、自ら軍に志願して体を鍛え、乗馬、射撃、剣と、どの大会でも優勝している。どれも、皇太子の身分を隠して参加したそうだ。運動能力が高いだけではなく、軍では、皇立蘇生《そせい》協会を設立し、医師と組んで、水難に遭った者や身投げ者の人命救助に取り組むなど、新しい試みで次々と功績を残している。

そんな傑物《けつぶつ》であるうえに、顔がよく、社交界では淑女たちの熱い視線を集めていると聞く。

ただ、問題は家風だ。皇帝は皇后以外に長年連れ添った愛妾がいて、皇后が亡くなったあと、子爵家出身の愛妾は公妾に格上げされ、息子も皇子面《づら》をしているそうだ。

女性人気の高い皇太子が愛妾を作らないなんて、そんなことがあろうか、いや、ない。指で数えきれないくらいたくさん愛妾を抱える未来が目に浮かぶようだ。すでに恋人がたくさんいるかもしれない。

——皇太子妃なんて絶対ごめんだわ！

当初、父であるミヒャルケ公国大公は皇太子との縁談に乗り気だった。

『ここらの公国で、適齢期の公女はマリーア、おまえぐらいなものだ。とはいえ、以前のおまえなら、お転婆《てんば》すぎて、すぐに離縁されかねなかっただろう。だが、修道院で礼儀作法を身に着け、すっかり女らしくなった今なら、いつでも立派な皇太子妃になれるぞ』

——一言多い。

マリーアがお転婆だからといって、監獄に入れることはないではないか。しかも、その監獄に入れたことを父親が英断だと思っているところがまた憎たらしい。そもそも帝国の宮殿とは監獄のようなところだと聞く。その予行演習みたいなものだったのかもしれない。

だが、翌々日、皇太子の異母弟ディレクからも結婚の申し込みが届くと、父親の声のトーンが変わった。このままだと、マリーアは、皇子二人の政争に巻き込まれかねないというのだ。

皇太子は母である公国出身の皇后を亡くしたことで、今、急速に力を失いつつある。皇太子が皇帝になるのは既定路線とはいえ、今、どちらかにつくのはミヒャルケ公国としても危うい選択となる。陰謀渦巻く大帝国の皇宮だ。皇太子がいつまでも息災《そくさい》であるという保証はない。

そんなわけで、大公は、皇太子に宛てた結婚申し込み受諾の草稿《そうこう》を破棄し、皇太子と第二皇子に、時期尚早という内容の手紙を書いた。

これはマリーアにとって幸いだった。

正直、マリーアは皇太子となど結婚したくない。皇太子妃になるということは、せっかく監獄から出られたというのに、新たな監獄に入るようなものだ。できれば、オーレンドルフ帝国ではなく自国の、背が高くて顔と気立てがよく、ダンスとスポーツが得意で、マリーアを好きなようにさせてくれる度量があり、適度に財力のある貴族と結婚したい。

嘘《うそ》から出た実《まこと》ということで、マリーアは従兄《いとこ》であるトロムリッツ公爵家の居城に預けられることになった。実際、この地域には有名な温泉療養地ラトギプがあり、城の中でも温泉が湧いているから療養には違いない。

思いもよらぬ僥倖《ぎょうこう》に、マリーアは心躍《おど》らせた。この城には彼女の伯母ローザリンデがいる。伯母はマリーアより二十七歳年上だが、最も気の合う女性だった。

ローザリンデは自由闊達《じゆうかったつ》で、スケートの楽しさを教えてくれたのは何を隠そう、この伯母なのだ。それまでマリーアにとってスケートは、速さを競うスポーツでしかなかった。だが、氷上にいろんな図形を描いたり、ジャンプしたりして楽しむことができることを伯母が伝授してくれたのだ。

マリーアが城に着くと、ローザリンデはマリーアを抱きしめ、こう言ってくれた。

『マリーア、まあ、美しくなって！　でも大変ね。これじゃあ、どの殿方もあなたと結婚したくなっちゃう！　羽を伸ばせるのは今のうちよ。乗馬でもスケートでも思う存分するがいいわ！』

残念ながら、伯母は太ったのでもうスケートをしなくなったそうだ。でも、マリーアのスケートが見たいから池に行くと言ってくれた。気持ちはうれしいが、マリーアは素直に喜べなかった。この四年間、ほとんどスケートができなかったので、以前のように滑れる自信がない。

そんなわけで、マリーアは伯母にこんな提案をした。

『滞在中、池で練習をして勘《かん》を取り戻すので、お暇《いとま》するとき、お披露目《ひろめ》させてくださいませ』

ローザリンデは『それは楽しみだわ』と、ふくよかになった手と手を合わせて喜んでくれた。


というわけで今、マリーアはここのところ毎日のように、氷上を舞っている。

長年のブランクがあるうえに体型も変わってしまって、昔のように軽々とは跳べず、うまくいって一回転という体《てい》たらくである。

だが、広々とした池を滑るだけで、ものすごい解放感があった。いつまでここにいられるのかはわからないが、最終日に、二回転ジャンプを伯母に見せたいものだ。

本来、競技スポーツとしてのスケートは、氷上に図形を描いたり、氷上に置いた障害物の上をジャンプしたりするものだったが、マリーアは跳んだときに回転したり、ダンスのようにくるくる回ったりと、バレエの得意な伯母とともに独自の技を生み出していた。これが決まると、背中に羽のある妖精気分になれるのだ。

スケートをしているうちに暑くなってきて、マリーアが防寒用ケープを脱いで、池のほとりに投げたとき、木陰で何かが動いた。

「あなた、そこで何をしているの⁉」

侍女のカロリーネが声を上げて物音がした木のほうに走りながら、自身のケープの下に手を入れる。懐《ふところ》に銃を隠し持っているのだ。

「怪しい者ではない」

上背《うわぜい》のある男が雪の積もった大木の後ろから出てくる。

その瞬間、マリーアはお伽噺《とぎばなし》の中にでも迷い込んだのかと目を疑った。

樹木も雪をまとった白銀の世界に現れたのは、木の幹と同じ色をしたコートに身を包んだ黒髪の美青年。空と同じ色をした瞳は憂《うれ》いを秘め、彼の佇《たたず》まいは凛《りん》として神々《こうごう》しくさえあった。

マリーアはこんな崇高《すうこう》な若者を見たことがなく、何か降臨したのかと手と手を合わせたところで、カロリーネの怒気を含んだ声が耳をつんざく。

「それならなんで、そんなところに隠れているのよ！」

だが、男には動じる気配がない。そして、その手にはマリーアのケープが握られていた。

「わた……俺も君みたいに滑れたら、どんなに素敵かと思って見入ってしまったんだ。妖精かと思ったよ」

「よ、妖精!?」

マリーアは妖精気分なのは自分だけだと思っていたが、傍《はた》から見ても妖精に見えるのかとうれしくなる。マリーアは滑って彼のほうに近づき、ケープを受け取った。

――さしずめ、このケープは妖精の羽といったところかしら？

マリーアは羽、もとい毛織の白いケープを受け取ると、妖精らしくつま先でステップを踏んで後退する。

「あなた、お名前は？」

マリーアは止まってケープを羽織りながら尋ねた。陽《ひ》の光があるとはいえ氷点下である。運動していないときはさすがに防寒具がないときつい。

「私はジーク……」

と、オーレンドルフ帝国皇太子ジークフリートが自分の名前を言いかけたときに、カロリーネの大きな声がかぶさった。

「マリーア、名前なんか聞いて！　こんな覗《のぞ》き見するような男を相手にしてはだめよ！」

公女相手に侍女カロリーネごときがこんな口の利《き》き方をしているのにはわけがある。事情を知らない者が近づいたときは、マリーアが公女だと悟《さと》られぬよう、カロリーネはマリーアを侍女仲間として扱うことになっているのだ。

公女は病気療養中のはずだし、皇子たちに居場所を突きとめられてはならない。彼らはまさか、自国に公女がいるとは思ってもいないだろう。

マリーアは、池のほとりに立つジークフリートと向き合った。

「ジーク、あなた、なぜここに来たの？」

マリーアはジークフリートをジークという名だと思い込んでいた。

ジークフリートは、あえて訂正しなかった。それは、彼がごく近しい人間にはジークと呼ばれることが多いからというのもあるが、皇太子が覗き見していたなんて噂《うわさ》が立っては自分の評判に瑕疵《かし》がつくと計算したからだ。

つまり、マリーアと同じく彼も高貴な身分を隠す必要があったのだ。

「……ミヒャルケ公国に行った帰り道だ」

ジークがマリーアの国の名前を出したものだから、マリーアは一瞬ぎくっとしたが、公女は公《おおやけ》の場に出たことがなく、肖像画も十三歳のときが最後なので、ばれるわけがない。

「何をしにここへ？」

「何をって、温泉療養さ」

ジークが鋭い眼光を温泉保養地のある丘のほうに向けたものだから、そのギャップが可笑《おか》しくてマリーアは笑ってしまう。

「まあ、お若いのに温泉に？」

「この俺を笑う女がいるな……」

ジークが、そう言いかけてからハッとした顔になり、小さく咳《せき》払いをした。

「俺は、皇帝陛下の騎馬隊に属するもので、以前、皇太子殿下がこの温泉にケガの治癒《ちゆ》にいらした際におともをしたことがあるのだ」

「あら、近衛騎士でいらっしゃったのですね。失礼いたしました。でも、それなら皇帝陛下や皇太子殿下をお守りしなくてよろしいんですの？」

マリーアは侍女という設定なので、丁寧なしゃべり方に変えた。

「今は休暇中なんだ。だから……」

ジークが身を乗り出して、秋空のような薄青《うすあお》の瞳を輝かせた。

「今のダンスのようなスケートを教えてくれないか」

意外な提案にマリーアが面食らっていると、カロリーネが「はあ⁉」と非難の声を上げた。

「結婚前の娘が見知らぬ男に、そんなことできるわけないでしょう！」

公女に比べたら騎士など下《げ》の下《げ》だと思っているので、カロリーネのほうがよほど偉そうなしゃべり方になっていた。

「ほう、結婚前なのか」

ジークにじっと見つめられる。黒眉《まゆ》はきりっとしているし、鼻筋は通り、かなりの美形である。マリーアの心臓が勝手にどくんと跳ねたが、それは一瞬で終わった。

二人の間に、カロリーネが両腕を広げて立ちふさがったからだ。

「いやらしい目で見ないでください！」

だが、彼の表情は真剣そのものであった。

「そんなつもりはない。ただ、俺もマリーアみたいに風のように滑りたいだけだ」

「風のように？」

またしても耳に心地のいい言葉が響く。マリーアはしたり顔でこう告げた。

「カロリーネ、私はスケート愛好者として、この方のやる気を削《そ》ぐわけにはいきませんわ」

「だけど……」

忠実なる護衛兼侍女のカロリーネは背をマリーアに見せ、腕を広げたまま顔だけマリーアのほうに向けた。マリーアはゆっくりとうなずきで答える。

「ジーク、城下町の靴屋にエッジが売っているから、明日それを持っていらっしゃい。スピードスケート用を買わないようにしてくださいね。あれはエッジが長すぎて跳ぶのに向かないのです。もし、お金に余裕があれば、一番軽いブーツも買うとよろしいですわ」

ジークの瞳が、陽の光を受けてきらりと輝く。

「……ということは、俺も跳べるってことだな！」

「ええ。教えて差し上げましょう。ただし、私のことを師匠と呼ぶのですよ」

「わかった、師匠！」

ジークが手を斜めにして目の横に掲《かか》げた。近衛兵の敬礼なのだろう。

——気分いい！

「では、また明日ね」

マリーアは優雅にターンして、左足を少しだけ後ろに上げる、バレエのアラベスクのポーズで華麗に滑り去った。池の端まで滑って振り向いたときには、ジークはもういなくなっていた。

——あんな見目麗《うるわ》しい騎士が私の初弟子《でし》だなんて……！

一瞬浮かれてしまったが、マリーアはすぐに気を引き締めた。伯母に教えられてマリーアがスケートの楽しさに目覚めたように彼にも好きになってほしい。そのためにも、自分自身の技をもっと磨かないといけないと胸に誓い、体を温めるために池の縁《ふち》を滑って周る。

修道院でも練習をしていたとはいえ、地上でのジャンプの練習には限界があった。冬の間は地面に氷を張って滑ったが、狭い空間だったので助走がつけられなかった。そんなこともあり、マリーアは、修道院に入る前よりかなり下手になっている。氷上でくるくる回るスピンの速度も遅くなっていた。

それが練習を怠《おこた》っていたためだけではないことは、マリーアにも薄々わかっている。

彼女は十四歳と今で、体型が根本的に変わっていた。胸も尻も四年前に比べてかなり重くなっている。胸に至っては、激しく動くと痛みが走る始末だ。

――忌々《いまいま》しい、この体……！

だが、マリーアは諦めたくなかった。再び妖精のように跳びたい。そして、それを伯母に見せたい。だからといってテクニック的なことで頭をいっぱいにしているとうまくいかないのがスケートの面白いところだ。自分を妖精だと思いこむことが肝要である。

――さあ、羽を広げて跳ぶわよ！

マリーアは後ろ向きに滑って右足を上げて勢いをつけ、左足で空中に舞い上がる。

――なんとか一回転！

マリーアが、ダンッと着氷すると、いつもより大きな拍手音が聞こえた。いつの間にか、ジークが戻ってきていた。

「師匠、素晴らしかった！　なんて軽やかに！」

彼の顔は感動で紅潮していた。

――なんて、愛《う》い方かしら。

「以前は二回転できたのですが、久々なものですから……」

「久々でここまでできるなんて、何者なんだ⁉」

曇りなき目で感嘆されて、マリーアは照れて顔を伏せたが、内心はうれしくて仕方なかった。

「いえ、ただのスケートを愛する者です」

「師匠、早速だけど俺、明日まで待ちきれなくてブーツとエッジを買ってきたんだ」

ジークは手早くブーツにエッジを括《くく》りつけて氷上に立ち上がった。無駄な動きがない。

「エッジを着けるの、かなり手慣れているんですね？」

「ああ。スピードスケートなら時々やるから」

「そう。では、まず、池を一周しましょうか？」

マリーアが近づくと、「はい、師匠！」と、ジークが顔を明るくして立ち上がった。

ジークは二十代前半ぐらいだろうか。いくらマリーアのスケートが素晴らしかったとはいえ、十代後半の小娘にこんなに従順になれるなんて驚きである。

マリーアが池の端を滑り始めると、ジークが軽やかについてくる。

——皇帝の近衛兵になるぐらいだから運動能力が高いのね。

「すごく滑りがスムーズですね」

「スケートは得意なんだ。ただ、速さを競うことしかしてこなかった。跳ぶなんて発想がなかったんだよ」

ジークが横目で見てくる。横に並ぶと、彼が、背が高いだけでなくがっしりとした体つきなことが外套《がいとう》の上からもわかる。

——さぞや女性にもてていることでしょうね。

と、そのとき、マリーアの心に、今まで知らなかった負の感情がもやもやと浮かんできたが、彼の指導を続けることで振り切る。

「では、まずは図形を描きましょう。私がエッジで円を描くので、まねしてくださいね」

「はい、師匠！」

小さな円をふたつ描くために、マリーアは池の中央へと滑る。ちらっと斜め後ろを見ると、ジークが真剣な表情でついてきていた。気分がいい。

――なんだか大きなクマさんを従えているみたい。

マリーアがうふふと小さく笑うと、横につけてきたジークが覗き込むように見つめてくるものだから、どきっとしてしまう。

「師匠は、ここらに住んでいるのか？」

「ええ。シッテンヘルム城で侍女をしているんです」

「今日はお休み？」

「私もしばらく休暇中なんです」

「なら、ちょうどよかった。その間に回転するところまで行けるかな？」

「ええ、あなたなら、きっとできますわ！　でも、あの回転は、バレエが好きな伯母と私で考え出した技なのです。本来、競技としてのスケートは、こんなふうに氷上に図形を描いたり、障害物をジャンプしたりするスポーツなんですよ」

回転が独自のお遊びだと知って、ジークががっかりするのではないかと少し気になったが、それどころか、ジークが目を見開き、感動した面持ちになっているではないか。

「そ、そうだったのか！　あんな技を自力で考え出すなんてすごいな！　さすが師匠！」

またしてもこの男は、マリーアが内心思っていたことを言語化してくれた。

マリーアは喜びを押し隠し、威厳ある微笑《びしょう》を浮かべて応える。

「ええ。頑張りましょう。ジークこそ上達が早いので教えがいがありますわ。さあ、こんなふうに曲線を描いてください」

「まっすぐ進む以外やったことがな……わっ」

ジークが体の軸を崩してよろめいたので、マリーアは手を伸ばした。大きな手で握り返されると、マリーアが助けるほうだというのに、なぜか守られているような気がした。

マリーアは恥ずかしくなって手を振りほどこうとしたが、がっしりと握られているせいで、彼の手が少し揺れたぐらいで終わる。

「ス、スカートが長いからわかりにくいかもしれませんが、重心を置く足を替えたら、うまくできますすよ。ほら、こんなふうに」

仕方ないので、マリーアは彼と手を繋《つな》いだまま、曲線を描いた。地上では、こんな大男を引きずり回すことなど無理だが、氷上では、彼を軽々と導くことができる。これはマリーアにとって楽しい発見であった。

「なるほど、重心を替えるんだな。だが、円を描くのは思ったより難しい。しばらく手を握っ

ていてくれ」

「わかりました。慣れるまでですよ」

マリーアが修道女のように威厳を持って言ったのに、ジークは口もとをほころばせた。しばらくマリーアは彼と手を繋いだままいくつも円を描いた。

マリーアの円と重なるように少しぎこちない円が浮かび上がってくる。だが、その円は徐々に正円に近くなってきていた。

「ジーク、すばらしい出来です。もうこんなに上達して。手を離しても、きっとうまく曲線を描けるようになっていますよ」

それなのに、ジークは手を離すどころか、ぐいっとマリーアの手を引っ張る。二人は向かい合うようになった。下目遣いに彼女を見る空色の瞳は夕陽《ゆうひ》を映して情熱的に輝いていた。

「それもいいけど、俺、ダンスが得意なんだ。師匠は社交ダンスができる？」

「え、ええ。お城に勤めていますから……」

「では」と、ジークが握っていないほうの手をマリーアの背に回した。

「えっ」

マリーアは父親やダンス教師以外の男性と踊ったことがないので、驚きの声を上げた。大きな手で覆《おお》われた背に、どうしても意識が集中してしまう。

「曲線が描けるなら、氷上でもダンスができると思わないか？」

「た、確かに」

　これは一人で踊っているときには思いつかなかった。

「よし。では、まずはワルツを」

　ジークが鼻歌で音を取り、前足を出したそのとき、つるんと転んだ。転ぶとき、彼が手を離したので、マリーアは巻き添えをくらわずに済んだ。

　大男が尻もちをついているので、マリーアは笑ってしまう。

「氷上でステップを踏むのは結構難しいのですよ！」

　ジークは一瞬、目をぱちくりとさせてから、フッと片方の口の端を上げて立ち上がる。

「この俺を笑えるのは君ぐらいだ」

「え？」

　ジークの唇は弧を描いているのに、眼差しは極めて野性的だった。今までにない表情にマリーアが狼狽《うろた》えた瞬間、甲高いカロリーネの声が響いた。

「マリーア、もう夕方よ。帰りましょう！」

　池のほとりにある休憩所から、カロリーネが出てきた。休憩所といっても、ここらによくある民家風で、急な勾配《こうばい》の赤い屋根から煙突が伸びる木造建築だ。

　カロリーネは護衛だということがばれないように、休憩所の窓からこっそりマリーアを監視していた。休憩所から出てきたのは晩餐《ばんさん》の時間が近づいてきたというのもあるが、ひとえに二人が密着しすぎているのを心配してのことが大きい。

「そろそろ帰らないと」と、マリーアが、上背のあるジークを振り仰《あお》ぐと、彼が切なげに双眸《そうぼう》を細めた。

「……そうか。俺はしばらくここで円を描く練習をしているよ。また明日、教えてくれるんだろう？　師匠」

「え、ええ……では、また明日」

——な、何、私の心臓ったら、また私に断りもなくドキドキして！

ずっと修道院にいたので、若い男性に接したことがないせいだと、マリーアは自分に言い聞かせる。しかもこの男は無駄にかっこいいのだから仕方ない。

マリーアがシッテンヘルム城に戻ると、伯母と、トロムリッツ公爵夫妻との晩餐《ばんさん》となった。

トロムリッツ公爵家は皇帝を輩出《はいしゅつ》するキルンベルガー家の血を引く由緒ある家柄で、食事の間《ま》には、黄金の装飾が彩《いろど》る白い壁に黄金の額に入った巨大な名画が所狭しと並べられている。

トロムリッツ公爵である、マリーアの従兄パルドゥルは、幼いころからマリーアと遊んでくれた優しい兄的存在で、現在二十六歳。二歳の息子がいる。

向かいに座るパルドゥルにこんなことを聞かれた。

「マリーア、皇太子と第二皇子、両方から求婚されているって本当なのかい？」

「ええ。そうなのです。おかげでどちらとも婚約せずに済んで助かりましたわ。皇宮が私に向いていないことは、パルドゥルお兄様が一番ご存じでしょう？」

パルドゥルが、ハハッと懐かしそうに笑い、隣に座る妻エリーゼのほうに顔を向ける。

「マリーアは小さいころから、春夏は釣《つ》り、冬はスケートと、かなりお転婆《てんば》なんだよ」

「ま、まぁ。溌剌《はつらつ》としていらっしゃいましたのね？」

エリーゼが困ったように眉を下げて微笑《ほほえ》んだ。

公女としてはありえないじゃじゃ馬ぶりだが、これは伯母ローザリンデの気質を受け継いでのことだ。先の公爵が存命で、ローザリンデが公爵夫人だったときでさえも、伯母は川や池でスケート三昧《ざんまい》だった。口癖は『公爵夫人でなければ、競技に出られたのに』だった。

マリーアは伯母と目と目で笑い合ったのち、パルドゥルに視線を戻す。

「そうそう。パルドゥルお兄様とエリーゼ様は皇宮の舞踏会にもよく行かれるのでしょう？皇太子と第二皇子がどんな方なのか教えてくださりませんこと？」

パルドゥルは少し考えてからこう述べた。

「臣下としてはここで美辞麗句を並べて褒め上げるべきだが、従兄として本音を言うよ？　心のうちにだけ留めておいてくれるかな？」

「ええ。もちろんです」

「皇太子殿下はご自分を律することができる方で、いつも堂々としている。文武両道で何事も完璧だが、誰にも心を許しておらず、どんな美女に言い寄られても相手にしないので氷の殿下という二つ名もあるくらいだ」

マリーアは頭がくらっとした。修道院で女らしくないとよく叱られたが、今度は厳格な皇太子から毎日、叱責《しっせき》されるのではないか、と――。

「第二皇子は、人に優しいが自分にも優しい。ついでに女にも優しくて、女性うけがいい、というか、かなり女遊びがお盛《さか》んのようだ」

「女遊び……！」

全く女性をなんだと思っているのか。そういえば第二皇子は愛妾の子だという。やはり、皇族のように妾をたくさん持つような家ではなく、普通の貴族に嫁《とつ》ぎたいものだ。

「パルドゥルお兄様、よくぞ教えてくださいました。やはり睨《にら》んだ通り、皇宮は私には向いておりませんわね」

パルドゥルが複雑な表情になった。

「皇宮舞踏会でマリーアと会えるなら、それはうれしいことなのだが……」

お転婆娘を妹のように可愛がってくれたパルドゥルは心配しているのだ。マリーアが皇宮で不祥事を起こすのではないかと――。

そんな彼の思惑を知らない公爵夫人エリーゼは焦《あせ》ったような顔つきで、マリーアのほうに身を乗り出した。

「でも、皇子殿下はお二人とも見目麗しくていらっしゃいますわよ？　精悍《せいかん》な黒髪の皇太子殿下、中性的でダークブロンドの長髪の第二皇子殿下、どちらも淑女たちから熱い視線を送られていらっしゃいますわ」

「まあ、それならなおさらです。私、淑女たちからいらぬ嫉妬《しっと》を買いたくありませんわ」

マリーアが冗談ぽく口を尖《とが》らせると、エリーゼが悪戯《いたずら》っぽい瞳を向けてくる。

「あら、さては、マリーア様、お好きな殿方がいらっしゃるのではありませんこと？」

マリーアは、やましいことなど何もないはずなのに心臓がどきんと跳ねて、自分で自分の反応に驚く。しかもそのときなぜか頭にジークの笑顔が浮かんだ。

――いえ、あれは弟子だから、弟子。

「ず、ずっと修道院にいたのに、知り合いようがありませんわ」

「それもそうですわね」

食卓に優雅な笑い声が起こった。


そのころ、皇太子の従者クルトは、ジークフリートと並んで体は馬に揺られながら、心は別の意味で揺さぶられていた。ジークフリートがにこやかだからだ。公女に逃げられて以来、苦虫を噛《か》みつぶしたような顔をしていたのに、恐ろしいほどの豹変《ひょうへん》ぶりである。

元々ジークフリートは無表情な少年だった。クルトはジークフリートとは乳飲み子のときからのつきあいなのでよく知っている。ジークフリートは貴《とうと》い地位を自覚するにつれて自身を律し、何をしたいかではなく、何をすべきかで行動するようになった。

それにともない、彼の表情から笑顔が消えていく。いつも堂々としているが、どこか陰があった。それはそれで、淑女たちからは渋いとかセクシーとか言われて大人気だから、さすがの美形である。

そんなジークフリートが瞳をらんらんと輝かせてこんなことを言い出したのだ。

「クルト、明日も池に滑りに行くぞ!」

あの池には、皇太子としてすべき何かがあるとは到底思えなかった。

「温泉療養はミヒャルケ公国に行くときの口実とはいえ、せっかく保養地に泊まっていらっしゃるのに、池でスケートをなさるのですか?」

ジークフリートに睨まれて、クルトは、ひいいと背筋を凍らせた。

「あの忌々しい公国の名を出すな」

「……申し訳ありません」

「皇太子自らが赴くと伝えたというのに、到着前に遁走《とんそう》した厚顔無恥《こうがんむち》で高飛車な女のせいで不快な気持ちになっていた私だが、今になって温泉療養を口実にしてよかったと心から思っている。おかげで、妖精によって浄化された」

「妖精……ですか?」

「そうだ。軽やかに舞って妖精のようだっただろう？」

そのときクルトは、ようやく思い当たった。あのマリーアとかいう侍女のことを言っているのだと。

「……えっと……確かに金髪の美しい女性でした……あの……その、それは巷《ちまた》で言うところの恋というものですか？」

ジークフリートが目を眇《すが》めた。いつもの表情に戻ったともいえる。

「そんな下卑《げび》たことを言うのはやめてくれないか？〝師匠〟はほかのどんな人間とも違う、いわば妖精だ、わかるな？」

「は、はい」

――ただの人間をほかの誰とも違うと思い込むことこそが恋というものではないでしょうか？

そんなことを口にしたら理詰めで攻撃されるのは目に見えているので、クルトはぐっと呑《の》み込んだ。そもそも、皇太子が侍女に本気で恋をしたら大変だ。貴賤《きせん》結婚など認められない。

皇帝にいたっては、子爵令嬢で第二皇子を出産したアマーリエでさえも公妾止まりである。

いっそ、ジークフリートにはこれが恋だと気づかないままでいてほしいものだ。

そんな従者の思惑も知らずに、薄暗がりの中、ジークフリートが半月を見上げてハーッと深い溜息《ためいき》をついた。

「……私もあんなふうに人間離れした動きをしてみたいものだ」

皇太子は乗馬でも弓でも銃でも学問でも、なんでも極めないと気が済まない性格だ。しかも本当に帝国一の腕になるのだから並外れている。だからこそ軍の元帥や政府高官からは賢帝の期待も大きい。

もう極めることがなくなったときに、ジークフリートは、スケートで舞うという新たな扉を開けてしまったのかもしれない。クルトはそう思い至った。


翌朝、マリーアが池に行こうとすると、カロリーネに止められた。ジークが本当に近衛騎兵なのかどうか怪しいと言うのだ。とはいえ、オーレンドルフ帝国に問い合わせるわけにもいかない。マリーアがここにいることは秘密である。

「スケート愛好家に悪い人はいないわ」

マリーアが押し切る形で二人は馬車で池に向かう。こんなところに高貴な者がいることがばれてはいけないので、今日も使用人用の馬車で、池から少し離れたところに停めてもらった。

マリーアがカロリーネとともに、雪をかぶった木々の間を歩いて池にたどり着くと、すでにジークが円を描く練習をしていた。

池の真ん中で、真剣な眼差しを足元に向けて、エッジで曲線を描いている。

──か、可愛い！

マリーアは思わずカロリーネの肩をばんばんたたいてしまう。

「ほら、ほら見て。あんなに真面目に私の教えを……！　私の弟子が悪人なわけがないわ」

カロリーネがこれ見よがしに溜息をついて、「では、私は、休憩所におります」と、去って行った。

「ジーク、おはようございます」

マリーアは、ときめきを押し隠し、先生らしく落ち着いた声であいさつをした。

すると、ジークは飼い主が帰ってきたときの犬さながらに、すごい勢いでマリーアのところまで駆けつける。スピードスケートをやっていただけあって、風を切るような速さだった。

「師匠、おはよう！　よかった、今日も来てくれて」

「曲線を描くのがうまくなりましたね」

マリーアが青銅製のベンチに腰掛けてエッジを取りつけていると、ジークがスケート靴のまま池から上がり、ザクザクと雪を踏みしめてマリーアの前まで来た。

彼の大きな体躯《たいく》はまるで目の前に壁が立ちはだかったようだ。

「師匠、昨晩と今朝、頑張って練習したので曲線は描けるようになったけれど、なかなか師匠のような正円が描けなくて」

「昨日よりかなり正円に近くなっていましたよ。この調子です」

「そうかな」

ジークが手を頭に置いて、照れくさそうに微笑んだ。

――ちょっと、またこんな可愛い顔をして……！

普段は凛々しいのに、相好《そうごう》を崩すと少年のようになるなんて、全く反則である。

「師匠、ジャンプしても、ただ跳ぶだけで、師匠のように空中で回転できないんだ。もう一度、お手本を見せてくれないか？」

「いいですよ。後ろ向きに滑って、左足のエッジで跳ぶんです。つま先ではなくエッジで」

マリーアは池に入り、少し滑ってから、後ろ向きになり、左足で踏み切って離氷してみせた。師匠のプライドでなんとか一回転を成功させる。

すると、ジークがしきりと手をたたいてきた。

「素晴らしい！　俺もやってみるよ」

ジークが後ろ向きで助走して跳び上がるが、少し宙に浮いただけで、すぐに着地してしまう。

「これで……どうやったら回転できるんだ？」

「多分、上に跳ぼうとしているからじゃないでしょうか。斜め上に跳ぼうと思ったほうがうまくいくと思います」

マリーアは再び、一回転して見せた。

「斜めか。これは高跳びじゃなくて、幅跳びってわけだな！」

ジークが何か掴んだようだ。シャッと氷が削られる力強い音とともに彼が跳び上がる。マリーアとは違う。なんて高くてダイナミックなジャンプだろう！

ジークは空中で一回転して着氷する。

「やった！」

ジークがガッツポーズを取った。彼は身体能力が高いだけでなく、驚くほど勘がいい。

「すぐに一回転できるなんて、すごいわ！」

何回も練習していくうちに、ジークが安定して一回転が跳べるようになる。マリーアが十一歳のとき、ひと冬かかってやっとできたことを、ジークは半日でやってのけた。

「素晴らしいです。私も負けていられませんね」

マリーアも滑走し、左足のエッジで氷を蹴り、跳び上がる。弟子の手前、今度こそ二回転を決めたい。だが、一回転に終わる。

「さすが師匠！　ジャンプが華麗だ！」

ジークが大きな手と手をばんばん合わせて拍手をしてくれるが、彼のダイナミックさには敵わないと、マリーアは思った。

二人でジャンプの練習をしているうちにお昼になる。

「城下町に食べに行こうか？」

ジークに誘われたが、公女がそんなところに行くわけにはいかない。こんなこともあろうかと、マリーアはパンを持参してきていた。

池のほとりの木造の休憩所に入り、白いテーブルクロスの掛かったテーブルを囲んでマリーアはジークとカロリーネと三人で、パンとチーズとフルーツを食べた。

ジークが休憩所の中を見渡した。

「この休憩所は、トロムリッツ公爵のものか？」

内心ぎくっとしながらも、マリーアは平静を装った。

「ええ。外観は庶民的なのに、中の家具は素晴らしいでしょう？　公爵閣下はとても心が広くていらっしゃるので、侍女にも使用許可をくださいますの」

「よほど君たちは公爵閣下に信用されているのだな？」

「そうよ！　だから、何かあったら、ただではすみませんよ？」

カロリーネが威嚇《いかく》し始めたので、マリーアは慌てて話題を変える。

「ジーク、カロリーネはとても寒がりなんですよ」

ジークが薪《まき》ストーブのほうを一瞥《いちべつ》した。

「そうか。それで休憩所から出てこないんだな。でも、滑っていると温かくなるよ」

カロリーネがぶんぶんと縦に首を振る。全然滑らないことを不審がられてはいけない。

「私は、ここでマリーアのスケートを眺めているのが好きなんです」

「それはいい。確かに、師匠のスケートはいつまでも眺めていたくなるよ」

ジークが納得したようなので、マリーアとカロリーネは内心ほっとした。カロリーネが滑らないのは、護衛上の理由でスケート靴を履くわけにはいかないからだ。

それより、マリーアはジークに聞きたいことがある。

「ねえ、ジークは近衛兵なんでしょう？　皇子殿下お二人は、どんな方たちなんですか？」

ジークがわずかに目を見開いた。

「そうか。やはり若い女性は興味があるものなんだな。皇太子殿下は自ら軍に入って、ほかの兵士と同じことをするが、第二皇子は、女の尻ばかり追いかけている」

第二皇子の評価が従兄のパルドゥルと同じなので、マリーアはクスッと小さく笑ってしまう。

「何か可笑《おか》しかったか？」

「いいえ。第二皇子は評判通りだなって。でも、皇太子殿下は誰にも心を許さない方だと聞きましたわ。ジークはいやな思いをしませんでしたの？」

ジークが口の近くまで持ってきていたパンを持つ手を止めた。

「心を許さない……？　皇太子殿下が誰にでも心を開いていたら問題ではないか？　殿下は立派な方だとみんなが言っているよ」

「ということは、ジークは皇太子殿下を尊敬して、この仕事にやりがいを感じているということですね？」

「ああ。近衛騎士は名誉ある仕事だと、みんな誇りを持って任務に当たっているんだ」

——そういえば、うちの公国でも近衛騎兵は軍の花形だったわ。

ジークがパンの欠片《かけら》を口の中に放り込み、呑み込むように食べた。

「ごちそうさま。おいしかった」

そう言って立ち上がり、ジークが視線をマリーアのほうに向けてくる。

「氷上でダンスをするのが難しいことは昨日わかった。まずは地上《ここ》で踊れるかな？」

「え？　ええ。いいですよ」

マリーアも食べ終わったので立ち上がった。

ダイニングテーブルから離れ、ダイニングとの仕切りがない応接間にそのまま足を踏み入れる。ジークが片手を繋いできて、マリーアはびくっと体を反応させてしまう。氷上で手を繋いでいたときは、マリーアは手袋をしていた。直に触れる彼の手は大きくてすべすべしていた。

ジークの唇が弧を描き、片手をマリーアの背に置くダンスのポーズを取った。ワルツをくちずさむやいなや、すぐにマリーアをリードして、ダンスを始める。

——うまい！

マリーアは一流のダンス講師にダンスを習ったが、型通りで自分のペースを崩さなかった。

だが、ジークはどうだ？　彼の動きはなめらかで、マリーアのペースより速くもなく遅くもなく、女性が踊りやすいように自然とリードしてくれる。次、どんなステップを踏めばいいのか迷いが生じなかった。

「多くの女性たちと踊ってきた、という感じのうまさですわ」

マリーアがかまをかけると、ジークが悪びれることなくこう答えてきた。

「そう。いろんな女性が次々とダンスしたいと言い寄ってくるものだから、苦痛に感じていたんだ。図らずも上達してしまったようだな」

ジークが全く自慢するふうではなく、眉根を寄せて、いやなことを思い出すかのようにそう言い放ったものだから、マリーアは面食らってしまう。

――美形騎士として相当もてできたということね。

だが、少し引っかかるところがあった。

「あら、では、私も今、うっとうしがられているのかしら」

ジークが向かい合った状態でステップを止めた。背を少し屈《かが》め、不思議そうにマリーアの顔を覗き込んできた。

「そういえば……。私が自らダンスに誘ったのは師匠だけだ。ほかの女性とのダンスはつまらなかったが、師匠は別格のようだな」

自分で言ったことに納得したように、ジークがうんうんとうなずいている。

――なんなの、この反応……？

理解に苦しむが、止まったままというのもなんなので、マリーアは背筋をしゃんとさせ、ダンスのホールドのポーズを取った。

「それは光栄ですわ。ダンスを続けましょう」

「あ、そうだな。つい止まってしまった」

すぐにダンスを再開したが、マリーアの頭には『師匠は別格だ』という彼の低い声がこだましていた。

——そうよ。私は女性ではなくて師匠なのよ。

マリーアは彼の掲げた手の下でくるりと回りながら、こんな提案をした。

「このパート、氷上なら、二、三回スピンができますね」

ジークがものすごい発見をしたかのように目を見開く。

——いちいち反応がオーバーで可愛いのよね、この人。

「そ、それはいい！」

次に、片手を繋いで、お互いが手を上げるポーズになった。

「このポーズをつけるとき、足を出す方向に滑ると素敵かもしれませんね」

「そうか。氷上だと、ポーズをつけたまま動くことができるんだな！」

「そうよ。地上でやっていることをそのまま再現するだけじゃつまらないわ！」

興奮のあまり、マリーアは丁寧な言葉遣いをすることを忘れた。

「師匠、俺、バレエで男性のダンサーが後ろについて、前の女性の腰をくるっと回して、女性が回転するのを見たことがあるんだが……あれは氷上だともっと回るんじゃないかな？」

「ピルエットね。あれは男性が支えているだけで女性が一人で回っているの。でも、氷上で、男性に回してもらったら一回転どころか何回だって回れるわ！　私、バレエも習ったことがあるの。ジャンプもバレエからヒントを得たのよ。私たちでアイスバレエを考え出さない？」

「アイスバレエ……それ、いいな！」

マリーアとジークは素晴らしい発明に自《おの》ずと手と手を合わせ、笑みが零《こぼ》れ出る。

そのとき、マリーアの視界にカロリーネが入った。カロリーネはテーブルに着いたまま、すごくしらけたような表情で二人を見上げていた。

――まずいわ。盛り上がりすぎたかも。

どうやらカロリーネを置いてきぼりにしてしまったようだ。マリーアはこほんと小さい咳をして、威厳をもってこう告げる。

「画期的なことを思いついたので、また池に戻るわ」

「ソウ。ココカラ眺メルノヲ楽シミニシテイルワ」

カロリーネが棒読みで答えた。護衛であることは秘密なので、もっと楽しそうに言ってほしいものだが、二人がいちゃついているように見えたのだろう。

――なかなか男女のスポーツマンシップは認められないものよね。

「師匠、行こう」

ジークから、邪《よこしま》さが微塵《みじん》も感じられない清らかな眼差しを投げかけられ、マリーアは背筋が伸びる思いだ。ジークとともに池のほとりに出る。

マリーアがベンチでスケート靴にエッジを括《くく》りつけると、先に履き替えたジークが手を取ってくれた。そんなことをされなくても、マリーアは余裕で立ち上がれるのだが、紳士的な対応がうれしくて、マリーアは手を乗せた。

ぐいっと力強く引っ張られる。

「師匠、本当に華奢《きやしや》だな。俺、バレエダンサーみたいに、師匠を掲げることもできるよ？」

「え、そ、それはやめておくわ。恥ずかしいもの」

「そうか。じゃ、まず社交ダンスのアレンジから行こうか」

「ええ、そうね」

マリーアは、ジークと手を繋いで池に入る。彼はスピードスケートをやってきただけあって、まっすぐ進む分にはとてもスムーズだ。

池の中央まで来ると、どちらともなく、社交ダンスのポーズを取った。

「よし、じゃ、早速行くよ。一、二、三！」

音楽があればなおよかったが、楽団がいなくても、ジークがくちずさむワルツが流れているから問題ない。

滑りながらポーズを取る。一旦止まって二人向かい合う。そして、くるくる回る。

「すごい、氷上でステップが踏めるようになったのね」

「実は昨晩、正円だけじゃなくてステップの特訓もしていたんだ」

「まあ！　なんて立派な弟子なのかしら！」

「師匠に認めてほしくて……次、女性だけが回るパートだな」

「スピンするわ！」

「じゃあ、バレエのように腰を回すよ」

腰をくるっと回されて、いつもより速く回れた。

「気持ちいい！　すごく加速したわ！」

今度は向かい合ってポーズなので、二人は足を出す方向にすいーっと滑った。

——もう地上で踊っても楽しめなくなりそう！

そのくらいの快感があった。

「じゃ、また、ステップだな」

こんなことを何回も繰り返していくうちに、次に何をすると考える必要もなく、本当に妖精にでもなった気持ちで、くるくる回ることができた。

マリーアは空を見上げた。鮮烈な青い冬空。白い雲がくるくると回る。

——なんて、美しいの……！

「マリーア、スピードが落ちてきている。そろそろ休もうか？」

そんな声掛けで、マリーアがジークを見上げると、彼が心配そうに眉を下げている。

ジークが止まったので、マリーアも止まる。止まって初めて気づいた。

——すっごくしんどい……！

マリーアは、膝に手を突いて屈み、はあ、はあ、と肩で息をした。踊っている間は、疲れなどこれっぽっちも感じなかったのに、急に現実に引き戻されたような気持ちになる。

「つ、つい夢中になって……」

顔を上げれば、ジークは汗ひとつかいていない。

——さすが次々と女性とダンスをする、もて男なだけはあるわ。

「俺……いつまでも踊っていたくなってしまったよ」

「わ、私も」

マリーアはジークと見つめ合っていた。しばらく沈黙が続いたが、ジークが口を開く。

「師匠はベンチで少し休んで。できれば俺のジャンプを見ていてくれないか」

「え、ええ」

マリーアはベンチではなく、池のほとりにある切り株の椅子に座って足だけ氷の上に出した。これは伯母が作らせたもので、伯母とマリーアの切り株がふたつ並んでいる。

「このブーツとエッジに慣れてきた気がする。今度こそ、二回転！」

ジークが真剣な表情になり、後ろ向きに滑って踏み込む。右足を上げ、左足のエッジでジャンプ。一回転、そしてもう一回り！　シャッと切り裂くような音とともに着氷した。

「い、いきなり二回転……すごいわ！」

マリーアが立ち上がると、ジークが手を頭に乗せ、照れたように微笑む。

この笑顔は可愛くて好きだ。だが、マリーアの心はなぜか千々《ちぢ》に乱れ始める。

――私だって、修道院に入る前は、二回転ができたのに……。

ジークが滑って近寄ってくる。

「師匠の教え方がうまいんだよ」

爽やかな笑顔がまぶしい。だが、マリーアの心には暗雲が浮かび始めていた。

「わ、私、昔、二回転が得意だったの」

今さら自分は何を言い出しているのか。マリーアは自分でもわからない。

「ブランクがあったって言っていたな？」

「ええ。この城に来る前、四年間、池がないところに住んでいて……」

「そうか。ならまたすぐに勘を取り戻すだろう。俺は師匠のジャンプ、華麗で好きだ。俺の勢いだけのジャンプとは全然違う」

「そ、そう……。私はジークの高くて力強いジャンプ、好きよ。私にはできない」

と、そのときカロリーネの声が響いた。

「マリーア、もう時間よ！」

マリーアが顔を上げると、ジークの空色の瞳が黄昏《たそがれ》を映し、どこか寂しそうに見えた。

「明日、また来られる？」

「明日は……用事があるの」

これは本当だ。従兄のパルドゥルからスキーに誘われている。行きずりの男にスケートを教えることなど、断る理由にならない。

「明後日は？」

「……多分、来られるわ。明日は温泉でゆっくりなさったら？」

「いや、明日は一人で練習する。明後日、すごく上達しているから驚くなよ？」

ジークが悪戯っぽい瞳を向けてきた。

「エ、エエ……楽シミニシテルワ」

マリーアは心にどろどろとしたものを感じながら、口先だけでそう答える。

――ジークのことだから三回転だって軽々とできるようになるわ……。

ジークが怪訝《けげん》そうな顔になった。マリーアの心の中にある黒い物に気づいたのだろうか。

――そうよ、私、ジークの才能に嫉妬しているんだわ。

マリーアはジークに別れを告げると、カロリーネとともに、馬車が停まっているところまで歩いた。馬車でマリーアと向かい合って座るカロリーネが釘《くぎ》を刺すようにこう言ってくる。

「明日は池には行きませんよね？」

「もちろんよ、明日はスキーでしょう？　明日、池に来られないことは伝えたわ」

カロリーネが怪訝《けげん》そうな顔になった。

「マリーア様、何か元気がないように見受けられますが？」

いつもいっしょにいるだけあってお見通しである。

「だって、つくづく自分が女なのがいやになったのだもの。練習のブランクのせいだって思いたかったけど、違うわ。胸や尻が重いのよ。体型が昔のままなら二回転だってばんばん決まるはずなのに」

カロリーネがぷっと小さく笑った。

「会えないのが寂しいとかおっしゃるのかと思ったら……マリーア様は、本当にスケートがお好きなのですね。私は胸がないから羨ましいですけどね？」

「いいことなんて何もないわ」

「男性にもてますよ？」

「私は、胸があろうがなかろうが、皇子二人にもてるわよ？」

マリーアは皮肉な笑みを浮かべる。そうだ。皇子の何がいやかといえば、マリーアのことが好きなわけでなく、公女が欲しいだけだからだ。

そのときなぜか、ジークのマリーアを尊敬するような眼差しが思い浮かんで切なくなったが、マリーアは記憶を蹴《け》散らす。

――そのうち、彼のほうが師匠になりそうな勢いだわ。

第二章　大変！　これは恋です

マリーアが翌日、伯母や公爵夫妻とスキーを楽しんでいる間、ジークフリートは池で一人、練習していた。マリーアがいないので、クルトが身を隠すことなく、池のほとりの青銅製のベンチに座っている。

社交ダンスは一人ではできないので、ジークフリートは曲線とジャンプの練習を交互に行う。そのうちエッジで正円を描けるようになり、ジャンプも、かなりの確率で二回転が決まるようになった。それなりの達成感があるし、成功するたびにクルトが拍手して「さすがです！」と、讃《たた》えてくれる。

だが、彼の心は昨日のように高揚しない。

ジークフリートはエッジで正円を描きながら、最初なぜ、スケートをしたくなったのかを思い起こす。

――そうだ。マリーアのように空中で軽やかに回りたいと思ったんだ。

ジークフリートは後ろ向きに滑り、空中でくるりと回転し、だんっと勢いよく着氷する。

マリーアのように優雅ではないとはいえ、当初の目的は達していた。

――目的を達成したのに、なぜ私は練習を続けているのだ？

ジークフリートはそう自問する。思い浮かぶ答えは、スケートが好きになったから、だ。

――だが、それなら、今、これっぽっちも楽しくないのはなぜだ？

目を閉じて思い浮かぶのは、マリーアの優雅なスケーティング。小鳥がさえずるような朗《ほが》らかな高い声。

師匠として指導するときは声を少し低くして、威厳を保とうとしているのが可愛らしい。

ジークフリートがうまく滑ったり、彼女自身がうまく跳べると、とたんにマリーアから師匠の顔が消え、溌剌《はつらつ》とした彼女自身に戻り、全身で喜びを表現する。

ジークフリートが褒めると、マリーアは眉をきりっとさせて浮かれたところを見せまいとするが、その口元はうれしそうにゆるんでいる。

そして、二人で新しいダンスを生み出すときの高揚感。マリーアの青い瞳はきらきらと輝いて、吸い込まれるようだった。

――マリーアと滑っているときは楽しかった。そして今は楽しくない。

つまり、そういうことだ。

「クルト！」

ジークフリートがクルトに向かって一直線に滑り出すと、クルトが立ち上がって池のほうに寄ってくる。

「殿下、どうなさいました？」

ジークフリートは池の端まで来て、クルトと向き合うと、そこでぴたっと止まった。

「クルト、おまえの言う通りだ。これは……恋だ！」

「は？」

話題が唐突すぎたようだ。

「ほら、以前、おまえが言っていただろう？　マリーアに恋しているのではないかと。今になって、これが恋だとわかったのだ」

氷の殿下の眼差しは至って真剣で、それが恋の病の重症さを物語っている。

クルトは白目を剥《む》いた。


翌日、マリーアが池に行くと、すでにジークがいて、ばんばん二回転を決めている。

——何これ、自慢？

マリーアのそんな嫉妬にも気づかず、ジークが半年ぶりにでも会ったかのように手を左右に広げて寄って来た。

「マリーア、会いたかった！」

彼は腕も脚も長くすらっとして絵になる。マリーアは自分の体の小ささが呪わしかった。もし胸と尻が重くなかったとしても彼のようなダイナミックなジャンプはできないだろう。

「踊ろう、マリーア」

ジークに手を差し出されるが、マリーアは素直に手を出せなかった。

──一昨日まで師匠って敬《うやま》ってくれたのに……。

二回転ができないマリーアは、もう師匠とは呼べないのだろうか。

「その前に私、練習したいのです。うまく跳べるところを見せたい人がいるので」

ジークが心底驚いたような顔になっている。

「俺と踊りたがらない女など、今までいなかった」

──何その自信……。

「美形だからって、自惚《うぬぼ》れてない？」

マリーアはキッと鋭い眼差しを向けた。

「美形？　そうか、少なくとも、俺のことをかっこいいと思っているわけだな。あと一歩だ」

「い、一歩って？」

──今日のジーク、なんだか変だわ。

いや、もともと妙に自信を持った男だったと思い直す。だが一昨日あった師匠として敬う態度がなくなっているのが口惜《くちお》しくてならない。

――そういえば社交ダンスばかりして、ジャンプの練習を怠っていたわ。

マリーアは体を温めるために、池の縁《ふち》に沿って滑り始める。すると、ジークがついてきた。前なら可愛いと思ったところだが、不思議と今日は喜ばしく感じられない。

何周かして体が温まってきたので、マリーアは池の中央へと出る。するとジークがついてくるのをやめた。池の端で見守っているようだ。

――大丈夫、私は今から妖精になるのよ。

マリーアは自分にそう言い聞かせて邪念を追い払い、後方に滑り出して跳んだ。空中で脚と脚をからませる。

――一回転、そしてもう一回!

だが、そのとき軸がぶれたのが自分でもわかった。

「きゃ!」

マリーアは、どしんと思いっきり尻もちをついてしまう。

「マリーア、大丈夫か⁉」

ジークが飛んできて、心配そうに覗き込んで手を取り、引っ張り上げてくれた。

マリーアは立ち上がりながら、涙が出そうになる。

――惨《みじ》めだわ……。

「泣くほど痛かったのか?」

「いいえ、もう大丈夫」

痛いのは心だ。三日で弟子に超えられてしまった。

——可愛い笑顔で師匠って呼んでもらって、いい気になっていたんだわ、私。

「俺、いいことを思いついた！」

ジークが破顔した。少年のような屈託のない笑みだった。

「な、何？」

マリーアは戸惑《とまど》ってしまう。

「一昨日ダンスをしたとき、腰をくるっと回したらいつもよりスピンが速くできたって喜んでいただろう？　ジャンプだって同じじゃないか？」

「空中でどうやって回すの？」

ジークがマリーアの片手を取って自身のほうに引き寄せ、腰を持った。

「君を持ち上げて腰をくるっと回転させて放ってもいいか？」

「それなら……二回転できるかも……」

——私ってばなんて愚かなのかしら。

マリーアは嫉妬に囚《とら》われて、なぜ跳びたいと思ったかを忘れていた。伯母に見せたいというのもあるが、あのくるっとうまく回れたときの爽快感をもう一度味わいたかったのだ——。

——自分の体型を恨めしがったりして……。

マリーアは自分が恥ずかしくなり、上目遣いでジークを見つめた。

「お願いしていい？」

ジークが口を左右に広げて目を細めた。

「ああ。もしマリーアが体勢を崩したら、ちゃんとキャッチするから安心して」

「あ、ありがとう」

二人は手を繋いで滑り出す。

「いい？　俺が君を持ち上げて『行くよ』って言って、『はい』って答えてくれたら、君の腰をひねって手を離すからね？」

「ええ。わかったわ」

二人は見つめ合う。マリーアにとっては恋人というよりも同志との誓いのようなものだ。

ジークが滑りながらマリーアの腰を支えて持ち上げる。

男性に腰を掴まれることなどなかったから、マリーアは一瞬びくっとしたが、すぐに気持ちを切り替えた。

「行くよ？」

「はい」

マリーアは腰をひねって宙に放り出される。

――一、二……三？

空中でターンをして、だんっと着氷すると、ジークの感声が耳に入った。

「三回転！　すごいよ」

マリーアも二回以上回った気がしていたが、気のせいではなかったようだ。

「ジーク、やったわ！　気持ちよかった！」

「おめでとう！　さすが俺の師匠だ！」

二人どちらからともなく、掌《てのひら》と掌をぱちんと合わせて笑い合った。

「昨日、成功したときもこうしたな」

「協力しあったら一人ではできないことができる……それなのに私……」

心からうれしそうなジークを目の当たりにして、マリーアは反省モードに入る。

――勝手に劣等感を持って羨《うらや》んで……本当に私、なんて心が狭いのかしら……。

「ジーク……実は私、あなたがすぐに私よりうまくなったから……羨ましくて……嫉妬してしまっていたの」

ジークが自身の胸に手を置いて、わずかに目を見開く。

「それで様子がおかしかったのか？　俺からしたら、何回転できたってマリーアを超えられないよ！　俺は力任せで、どうやったってマリーアのように華麗に跳べない」

「そんな……華麗だなんて……」

マリーアは照れくさくて足元のブーツに視線を下ろした。すると彼の大きなブーツが近づいてきて両手を掴まれ、マリーアは顔を上げた。

「マリーアは俺にスケートの楽しさを教えてくれたんだよ？　だからいつまでも俺の師匠だ」

「いやね。もう師匠って呼ばなくていいわ。どちらが上とかでなく協力しあって楽しみましょう」

ジークがすぐに賛同してくれるかと思ったのに、彼が黙り込んでしまった。

「ジーク？」

マリーアに名前を呼ばれ、ジークがようやく口を開く。

「ああ……できれば……ずっと協力しあえないかな？」

今までにない熱い視線を感じ、マリーアはどきっとした。

「ずっと……？」

「マリーア、俺、マリーアのことが好きだ。昨日わかったんだ。俺、スケートが好きだと思っていたけれど、違う。マリーアが好きなんだって」

「えっ？」

――もしかして師匠と呼ぶのをやめたのって、そのせいだったの？

彼の青空のように透き通った瞳に見つめられ、マリーアは体中が熱くなっていく。

と、そのとき、さあっと強い風が吹いて、木々の枝に積もっていた雪がどさっと落ちる音がした。その音がマリーアを現実世界に引き戻す。

マリーアは公女だ。貴賤結婚は認められていない。貴族でもマリーアと結婚できるのは高位の者だけだ。ましてや平民の騎士など問題外である。今はこんなに近くにいるが、本来二人はとてつもなく遠いところにいるのだ。

「マリーアは俺のこと、どう思っている？」

「えっ……ど、どうって……スケート仲間としか……。わ、私……婚約者がいるから」

「こ、婚約者⁉」

ジークがものすごくショックを受けている。そんな彼を上目遣いで見上げて、マリーアは押し黙った。

「マリーアは、その婚約者のことを……………………好き……なのか？」

『好き』という言葉を口にするときにジークが苦渋の表情になった。相当もてるようだし、平民は好きあった者同士で結婚できるというから、青天《せいてん》の霹靂《へきれき》だったのだろう。

「いいえ、家同士が決めたことよ」

ジークが急に救われたような顔になった。

「その婚約者はどんな人物だ？　婚約破棄したらいい。私の家は裕福だから苦労はさせない」

――一瞬で自信を取り戻したわ、この人……。

「婚約者も裕福で……」

まだ決まっていないとはいえ、皇子二人から求婚されているのでなまじ嘘ではない。

「だが、その婚約者は氷上でマリーアと踊ったりできないだろう？」

「そ、それはそうだけど……」

ジークに片手を取られて、どくっと心臓が跳ねる。マリーアの手を持ち上げて顔の近くまで引き寄せ、その甲にキスを落とした。彼はやることなすこと全て堂々としている。手の甲にくちづけるなら、騎士はかしずくものではないだろうか。

「マリーア、これは初恋なんだ……。どうか俺のことを好きになってほしい」

彼の双眸が切なげに細まる。憂いを帯びた空色の瞳には耽美《たんび》的な美しさがあり、マリーアは目が離せない。それにしても、もてるようなことを言っていたのに、いい歳をして今ごろ初めて恋をしたとでもいうのか。

「で……弟子としては好きだけれど……それ以上でも……それ以下でもないわ……」

途切れ途切れだったが、マリーアは公女として言うべきことを言い、彼の手を振りほどいて、後ろ向きに滑った。

「……そうか」

つぶやくように言って、ジークがうつむいた。そのまま言葉を発さなくなったので、マリーアは心配になって近づく。すると腰を取られ、彼のほうに引き寄せられる。スケート靴なので力を加えられるとそのまま移動してしまうのだ。

「な……何？」

彼が背を屈めた。目と鼻の先に彼の顔がある。

「男として好きになってもらえなくてもスケート仲間ではいてくれるよな？」

ものすごい威圧感である。

――この人、本当にただの騎兵？

拒むことなど不可能だ。

「そ、それならいいわ」

と、そのとき、マリーアの貞操を心配してか、休憩所の木製扉が勢いよく開く音とともに、カロリーネの大声が聞こえてきた。

「マリーア、そろそろ帰るわよ！」

手の甲に、彼の唇が触れたときの感触を思い出し、マリーアは急に恥ずかしくなった。窓から見張っているカロリーネに見られたはずだ。

「そうね。今行くわ」

マリーアはこう答えるしかなかった。ジークを一瞥《いちべつ》すると、ショックを受けた様子だった。

「……明日も、来てくれる？」

「天気がよければ……また明日練習しましょう」

ジークが寂しげな笑みで応えた。

マリーアが池から去ったので、クルトが池に近づくと、ジークフリートが珍しいことに、今日は練習せずに帰るという。

寒い中、少し離れた木の陰から監視するのは、面白い仕事ではないので、クルトは密かに喜んだ。だが、ジークフリートの顔を見上げ、驚きのあまり刮目《かつもく》した。

地獄の底から這い上がってきたような瞳をしたジークフリートがいたからだ。

――一体何が⁉

池からの帰り道、いつものように並んで馬に乗る。途中から合流した近衛騎兵四騎があとに続いている。いつも軽やかに疾走する皇太子の愛馬が、主人の気持ちを汲《く》んだのか、一歩一歩踏みしめるように進んでいた。

ジークフリートがじとっと横目で見てきた。

「クルト、この私が愛の告白をしたのだから、喜ばれると思ったのだが……。もしかして、令嬢たちが私のことを美形だの、ダンスがうまいだの、騎馬姿がかっこいいだの、なんでも一位になってすごいだの、賢い男性が好みだのと褒めそやしてくるのは、私が皇太子だからお世辞を言っていただけなのだろうか」

令嬢の評価のくだりはクルトの頭にはよく入ってこなかった。冒頭のインパクトが大きすぎたからだ。

「あ、愛の告白でございますか⁉」

「ああ。この私が好きだと言ったのに……生まれて初めて女に好きだと言ったのに……」

ジークフリートが、ぶつぶつと虚《うつ》ろな瞳でつぶやいている。

――これが、落胆したときの殿下なのか！

常に自信あふれるジークフリートが落ち込んでいる姿など、乳兄弟のクルトでさえも見たことがなかった。

「マリーアは、殿下が立派過ぎて怖気《おじけ》づいたのではありませんか？」

すると、ジークフリートが鋭い眼差しを向けてきたので、クルトは、何かまずいことでも言ったのかと、ぎくっとした。

「いや、怖気づくような相手を弟子扱いしたりしないだろう。どうも私は、マリーアにとって、頼み込んでやっと弟子にしてもらえるレベルの男のようだ」

ジークフリートが、はーっとやたら大きな溜息をついた。

「そ、それより、侍女と両想いになったとして、一体どうなさるおつもりなのです？　子爵令嬢であるアマーリエ様だって皇帝陛下の公妾止まりなんですよ？　侍女であるマリーアのことを本当にお好きなら、お辛くなる前におやめにな……」

ジークフリートの眉間に苦渋のしわが刻まれたので、クルトは口を噤《つぐ》む。

「……それは、わかっている……だから私は身分を明かせないんだ」

優秀な従者であるクルトは、ずっと進言しないと、と思っていたことを口にする。

「それより、皇宮を出てからもう一週間以上経《た》っています。そろそろお帰りにならないと」

「それも……わかっている。彼女を皇宮まで連れ帰れたら、どんなにいいか……」

ジークフリートはいたって真剣である。

「も、もしやこういう気持ちになられたのは初めてでいらっしゃいますか？」

「ああ、そうだ。初めて欲しいものができたと思ったのに……うまくいかないものだな」

皇太子が平民の女に恋をしている。しかも二十二にして初めての恋だ。そもそも、ジークフリートが皇太子としてすべきではないことをしようとするのは、これが初めてだった。

――幸せな結果になるとは到底思えません、殿下！


シッテンヘルム城の食事の間《ま》は、大きな採光ガラスから注ぐ朝陽《あさひ》できらきらと輝いていた。今日は天気がいいだけではなく、春のような陽気だ。

「昨日、今日と、暖かいわね。マリーア、今日はスケートをやめたほうがいいんじゃないかしら？」

「そ、そうですね……」

自分だけなら絶対にやめるところだ。だが、きっとジークは池で一人、練習をしながらマリーアを待っているはずだ。

——いつもは自信満々なのに、昨日は捨てられた仔犬みたいな顔をしていたわ。

マリーアの胸がキュッと締めつけられた。

——今日を最後にしよう。

あんなに真剣に愛の告白をしてくれたのだから、ちゃんとお別れの挨拶をしなければ、とマリーアは思う。

そんなわけで、マリーアは今日も池に来てしまった。

無表情で滑っていたジークの顔がぱーっと明るくなったものだから、マリーアの心臓が勝手に跳び跳ねる。

「よかった、マリーア、来てくれたんだね……」

——全く可愛すぎるのよ。

そのとき、マリーアの脳裏に、今日はスケートをやめたほうがいいという伯母の忠告が頭をよぎった。マリーアは氷の張った池に視線を落とす。

——こんな大男が平気で滑っているんだから大丈夫よね？

最後の日だから、なるべく楽しく終わらせようと思い、マリーアはこんな提案をした。

「当然だわ。私は師匠だもの。また社交ダンスをしましょうよ」

「……うれしいよ」

ダンスをするだけだというのに、ジークが感無量といったふうに目を細めた。

この男は本当に顔がいい。普段は理知的で凛とした空色の瞳が、笑うと睫毛《まつげ》が瞳にかかり、優しげになる。陽光を浴び、高い鼻梁《びりょう》が彼の頬《ほお》に影を落としていた。今日は、もの悲しさが漂い、耽美的ですらある。

ジークがその大きな手でマリーアの手を掴む。手袋越しとはいえ彼の温かみを感じる。背に彼の手が触れる。それだけで、マリーアの体が火照《ほて》っていく。

ジークがうつむきかげんになり、視線を感じる。だが、マリーアは顔を上げない。

「では、一、二、三……」

ジークが右足を出すと同時にマリーアが左足を下げ、その方向にシャッと滑り出す。二人だけの、二人で考えた氷上の社交ダンス。

一人では踊れないから、このダンスも今日が最後だ。

マリーアの胸にきりりと痛みが走る。

ジークも今日が最後だと感じ取っているのだろうか。二人はいつになく無言でダンスをしていた。だが、呼吸はぴったりで、音楽がないだけに、このダンスが永遠に続くような気さえしてくる。

やがて、鳥が飛び立つ音がして、二人の動きが止まる。

マリーアはジークと呆然《ぼうぜん》と見つめ合い、肩で息をしていた。こんなに息が荒くなるなんて、どれだけ長い間、踊っていたのだろうか。

ジークが切なげな笑みを浮かべる。

「曲がないのに、曲が終わらないような気がした。いや、いっそ終わらないでほしいって思ったよ」

「そう……私もよ」

ジークも同じことを思っていたのかと、マリーアはぎゅっと胸を締めつけられた。

「疲れただろう？」

「平気よ。少し休んだら、またジャンプの練習をして……そのあとまた空中で、くるって回してくれる？」

「もちろんさ」

ジークが大歓迎とばかりに手を左右に広げた。

マリーアはしばらく、氷上に円を描いて息を整える。その間、ジークも違う円を描いていた。

彼は本当に運動能力が高い。正円に近い円をいくつもダイナミックに描いている。

――昨日、空中で三回転させてくれたから、あの感覚を思い出せば……。

そう思い、マリーアは自分の描いた円から跳び出す。

昨日の感覚を頭に浮かべながら、シャッと跳び上がる。

――一回転……そして！

二回転ターンすることができた。

喜んだのも束《つか》の間、着氷とともに足元が崩れ、水の中に沈んでいった。

「キャー!」

寒いなんてものではない、全身が凍っていく。

『昨日、今日と、暖かいわね』

――せっかく伯母様が忠告してくれたのに!

なのに、なぜ性懲《しょうこ》りもなくまた池に来てしまったのか。

「マリーア!」

ジークの悲痛な声が遠くから響いた。そうだ。マリーアはもう一度、ジークの顔を見たいと思って来てしまったのだ。師匠としてなんて口実にすぎない。

――私も好きって答えればよかった……。

せっかくこんなにも素敵な人から好きって言ってもらえたんだから、身分なんて考えないで気持ちに従うべきだったのだ。

ジークの顔をもう一度見たいと強く願ったせいなのか、目の前に彼の顔が現れる。

――ああ、神様、最後に願いを叶えてくださったのですね。

意識が朦朧《もうろう》としたところで、ふわりと体から重さが消滅した。マリーアは死んだようだ。それなのに目を覚ました。

――ここが……天国？

目の前に、ジークの長い漆黒《しっこく》の睫毛がある。

――もしかして、ジークも死んだの⁉

と、声を上げようとしたが、何かが口を塞いでいて、マリーアは音を発せなかった。もしかしたら、死後の世界は心と心で話せるのかもしれないと思い至ったところで、口を塞いでいたものが外れる。

「ぷはっ」

――ん？　しゃべれる？

睫毛が遠ざかって、心配げなジークの顔が見える。その髪の毛からは水が滴《したた》っていた。

「マリーア、大丈夫か？」

――寒い！

ここまで来て、マリーアはやっと自分の置かれている状況がわかる。氷上でびしょ濡《ぬ》れのジークに抱き上げられていた。驚くべきことに、氷の下に落ちたマリーアをジークが救い出してくれたようだ。マリーアは体中をガタガタと震わせた。

「だ、だ、だ、大丈夫」

唇が震えてうまく話せない。だが、死んでいない！

「キャァァァ！　マリーアァ！　マリーア！」

カロリーネの切り裂くような叫び声が近づいてくる。

「カロリーネ、小屋の中、暖かいんだろう⁉」

ジークが声を張り上げ、カロリーネに問う。カロリーネは滑りそうになりながらも、氷上を駆けてきている。

「今も薪ストーブに火がくべてあるわ！」

ジークがマリーアを抱えたまま、休憩所に向かって全速力で滑り出す。

「小屋で暖をとっているから、医師を呼んで来られるか？」

ジークがカロリーネとのすれ違いざまにそう問うと、背後でカロリーネが答える声がした。

「は、はい。今すぐ！」

ジークに抱えられて休憩所に入ると、マリーアは薪ストーブの前で下ろされる。だが、ガチガチと歯の震えが止まらない。

「マリーア、その冷たい服を着ている限り、温まらない。許せ」

「え？」

――何を許す？

マリーアはびしょびしょのケープを頭から抜き取られ、服の釦《ボタン》を外される。だが、抵抗する力は残っていなかった。ただただ震えが止まらない。

「俺は何も見ていない」

ジークがそう言って顔を背けたまま、近くにあった布でマリーアの体をふき、薪ストーブ前に敷いてある毛皮の上に横たわらせる。

ジークはマリーアに背を向けると自身の服をものすごい勢いで脱ぎ去った。ジークの肩幅は広く、背はがっしりとしている。脱ぎ終わると、ジークがマリーアを抱きしめてきた。

マリーアは、彼の上にうつぶせに寝かされた。床が堅いと思ってのことだろう。

「マリーア、何もしない……温めるだけだ」

しなやかな筋に包まれると、まるで温かい湯に浸《つ》かったかのように体中が解凍していく。

――生き返るわ……。

マリーアは羞恥よりも貞操の危機よりも、大きな安堵《あんど》に包まれていた。こんな状況だというのに、今までにない安心感がある。

そのとき彼の体が少し浮いたと思ったら、背に、ふわりと毛皮の感触がした。敷いていた毛皮を引っこ抜いて、マリーアの上掛けにしたようだ。

だんだんと震えが収まってくる。

「マリーア、よかった……温まってきた？」

「ん……」

聞こえる音といえばパチパチという木材が燃える音、そして彼の吐息。安心したせいか眠たくなってきて、マリーアは微睡《まどろ》みの沼へと落ちていく。どのくらいうとうとしてしまったのだろうか。

「キャー！　マリーア！」

　というカロリーネの絶叫で、マリーアは覚醒した。

　——もう寒気がなくなっているわ。

　マリーアが顔を上げると、毛皮に包《くる》まれ、全裸のジークに抱き上げられていた。

「な、なんで、あなたまで裸なんですか！」

　カロリーネが戸口で立ちすくみ、口をパクパクさせている。

「言っておくが俺も、あの氷水に浸《つ》かったんだぞ？　服を着たままじゃ温まらないよ」

　カロリーネが駆け寄って、ジークとの間に割り入り、心配そうにマリーアの顔を覗き込んできた。

　マリーアは全裸のジークを前に、急に羞恥心が湧き上がってくる。羽織った毛皮の敷物を胸元で合わせて、裸が見えないように起き上がった。

「マリーア、もしかして……もしかして、この野獣に何か……」

　カロリーネがあまりのショックに目を剥《む》いていて怖い。

　マリーアが誤解を解こうと少し口を開けたところで、ジークに先を越される。

「大丈夫、何もしていない」

　カロリーネがジークに、疑惑の眼差しを向けた。

「大丈夫って……現状がすでに大丈夫じゃありません！」

「……俺は今も童貞だ」

その言葉聞いたとたん、カロリーネがおとなしくなったので、マリーアは驚く。

――道程？　何が道半《なか》ばなのかしら？

そんな決定打となるような発言だろうか。

「マリーア……本当に、大丈夫なの？」

「平気よ。濡れた服を脱いで暖を取ったおかげで震えは止まったわ」

ストーブより彼の体温のほうが大きかったような気がするが、未婚女性としてあえて暖房を理由にした。

マリーアが薪ストーブの脇に置いてあるソファーに座ると侍医が寄ってくる。マリーアは毛皮を前でぎゅっと合わせて診察を拒否した。自分でもよくわからないが、ジーク以外の男に触られたくなかった。

「私、もう寒気がなくなったから大丈夫です」

ジークのほうに顔を振ると、マリーアに背を向け、まだ濡れているだろう服を羽織っている。

――冷たい服を着たら余計寒くなるでしょうに……なんという生命力かしら。

男の魅力とは、生まれが高貴であるとかお金があるとかではなく、こういう命の危機にとっさに助けられるかどうかではないのか。マリーアの中で、そんな気持ちが芽生えてくる。

「……では、カロリーネ、あとは任せたよ」

少し振り向いたジークの顔は寂しげだった。

――行かないで！

そう叫んで彼にすがれたら、どんなにかいいか。マリーアは心の中で叫ぶことしかできない。

――ジーク、明日、明日またきっと会えるわよね⁉

そんなマリーアの気持ちを察したのか、ジークが再び振り返った。

「じゃ、マリーア、また明日会えるよね？」

「え、ええ。もちろんよ」

今日を最後にしようだなんて気持ちは、マリーアの中からすっかり抜け落ちていた。


このとき、ジークフリートは違う意味で大変だった。

愛するマリーアの、想像以上にやわらかく豊かな胸のふくらみをむにっと押しつけられ、今にも勃《た》ち上がりそうになった彼自身を必死で抑え込んでいたのだ。

皇太子ともあろう者が、そんな姿を他人に見せるわけにはいかない。慌てて氷のような服を羽織って体温だけでなく、彼の熱情をも冷やし、すんでのところで勃起を免《まぬが》れた。

「じゃ、マリーア、また明日会えるよね？」

ジークフリートは顔だけ振り返り、できるだけ双眸をきりっとさせ、口角を上げてみせる。

すると、マリーアの口元がほころんだ。

それだけで彼の心は天にも昇る。

——明日また会える。氷が割れるのが怖くてスケートは控えるかもしれないが、会いに来てくれるはずだ。

そう考えてジークフリートは心が一気に温まったが、体が震え始める。濡れた服が冷気にさらされ、芯から冷える。馬を停めている大木のもとへ着くと、クルトが心配そうにしていた。

「殿下が氷の下に飛び込まれたときは、本当に肝を冷やしましたよ」

「いや、私はどんどん冷えていく一方だ！」

ジークフリートは一刻も早く温泉に浸かろうと、大急ぎで馬に跨る。

すると、クルトが驚いたように目を見開き、じっとこちらを見てくるではないか。

「なんだ？　心配しているのか？」

「え、いえ。いつもの殿下にお戻りになったと思いまして」

「はあ？　私はいつでもこうだろう？」

その夜は温泉に浸かって体の芯まで温まり、翌朝になると、ジークフリートは早々に池へと出かけた。

ジークフリートは、命の恩人として感謝され、もしかしたら感謝が愛情に変わるかもしれないという期待をふくらませていたものの、陽が頭上まで昇っても、マリーアが現れない。

――もしや体調を崩したのでは……。

だんだん心配になってきて、ジークフリートはいても立ってもいられなくなる。少し離れた木陰にいるクルトに手を振って、池のほうまで来させた。

「クルト、マリーアはシッテンヘルム城の侍女だと言っていたな。来ないということは、熱でも出したのかもしれない。マリーアの見舞いに行ってほしいんだ。そしてこの手紙を届けてくれないか」

いざというときに、マリーアに身分を明かそうと、したためておいた手紙だ。封蠟《ふうろう》に皇家の鷲《わし》の紋章を捺《お》してある。その封蠟を目にして、クルトがものすごい勢いで顔を上げた。

「も、もしかしてご身分を明かす気ですか？」

「ああ、そうだ。だが、私の身分では、彼女を娶《めと》れない……」

「一旦、どこかの貴族に嫁入りさせれば愛妾にはできるかと……わっ」

クルトがおののいて目を見開いている。ジークフリークはそれで、自分が相当険しい表情になってしまっていることに気づいた。

「すみません！　余計なことを！」

慌てて謝るクルトを制するように、ジークフリートは掌を向ける。

「……いや、それが現実だ。私は愛妾を寵愛《ちょうあい》した父を嫌悪してきた。だからこそ、マリーアを愛妾になどしたくないし、たとえ仮初《かりそめ》だとしても、ほかの男に娶らせたくないんだ。色白な顔に大きな青い瞳、さくらんぼのように小さく赤い唇、その下には、美しい曲線を描いたふたつのふくらみ、そして信じられないくらい細い腰、ジャンプしたときにスカートが翻《ひるがえ》って少し垣間《かいま》見られた引き締まった脚……」

ジークフリートはそこまで畳《たた》みかけるように話してから、咳払いをした。

「とにかく、あんな素晴らしい女性とひとつ屋根の下にいたら、仮初の夫とて欲望を我慢できるわけがないだろう？」

想像しただけで気分が悪くなり、ジークフリートは双眸を手で覆った。

「殿下、やっと、真にお好きな方と巡り会われたのですね……。ですが、それは殿下のような尊いご身分の方ですと、お辛いことかもしれませんね」

「そうだ……皇太子として単純に完璧を目指していられたころは……今思えば幸せだった。だが今、私は真の幸福を知ってしまったのだ」

――マリーアと同じときを過ごせる幸せ……。

そんな言葉は気軽に口にするものではないと、ジークフリートは心に押しとどめた。

「では急ぎ、シッテンヘルム城に手紙を届けに行って参ります」

クルトがお辞儀をして去っていこうとしていたところを、ジークフリートは「待て」と制止する。

「一般的に平民女性がもらって喜ぶものはなんなのだ？」

クルトが目を瞬《しばた》かせている。

「……花……ではありませんでしょうか」

「そうか、花か……この季節ではなかなか難しいな」

「花を模《かたど》ったものでもよろしいかと」

「そういえば、女たちはよく花に模《も》したアクセサリーをつけているな。参考になった。では、急ぎ手紙を届けてくれ」

「はいっ」

そう大きな声で返事をして、クルトが馬を走らせた。

その後ろ姿を見ながら、ジークフリートは、トロムリッツ公爵に面さえ割れていなければ自分で行くところなのにと、口惜しく思う。皇宮舞踏会のたびに公爵と挨拶を交わすが、あんな素晴らしい侍女を抱えているとは思ってもいなかった。

クルトが去ったあとも、山稜《さんりょう》に夕陽が溶けて西の空が朱に染まるまで、ジークフリートは一人でスケートをしたが、マリーアは現れなかった。

――二回転が確実に決まるようになってきたぞ、マリーア。

心の中のマリーアにそう伝えたが、早く本物に伝えたいものだ。

彼女はスケートに真剣に取り組んでいる。いっときジークフリートの技に嫉妬していたようだが、それを恥ずかしそうに告白したときの可愛さといったらなかった。

日没すると、さすがにマリーアがここに来ることもないだろうと、ジークフリートは、近衛騎兵四名とともに療養地の宿泊所へ戻った。この宿泊所は貴族も使うので三階建ての優雅な建物だ。だが、ジークフリートは居室に戻らず、手燭《てしょく》で照らして温泉の周りで花を探す。

この寒い中、温水によって咲くことのできた花を見つけ、それを手あたり次第に引っこ抜いて花束にした。

これで、いつクルトが戻ってきても大丈夫だ。

ジークフリートは花束を抱え、門前でシッテンヘルム城へと続くほうの道をずっと見つめていた。とはいえ、門の左右にかがり火があるだけなので視界が悪い。彼は耳をそばだて、蹄《ひづめ》の音を今か今かと待っていた。

それにしても、手紙を渡すだけにしては時間がかかりすぎている。

手紙には自分が皇太子であることと、マリーアと結婚したい気持ちを記した。そうだ。結婚しようとは言えないのだ。したいとしか――。

もしかしたら、ジークフリートが皇太子と知って、マリーアが怖《お》じけづき、もう二度と会わないなどと言って、クルトがとりなしているところかもしれない。

そうだ。マリーアは、〝皇太子〟と関係を持ちたがる、地位と名誉のことしか考えていないそこらの女とは違うのだ。

マリーアは婚約者がいると言っていたので、その線で拒否されているのかもしれない。

――婚約者が誰かわかれば抹殺《まっさつ》……ではなくて大金を掴ませて、どこか遠くへやるものを。

すぐにジークフリートはいやいやと小さく首を振った。

――大金ぐらいで、あのマリーアを諦める男がいるわけがないではないか！　やはり殺……。

再びジークフリートは小さく首を振った。皇太子ともあろう者が、私怨《しえん》で人を殺してはならない。

そんな葛藤《かっとう》をしているうちに、自ずと眼光が鋭くなってくる。そのせいで、門番が震えあがっていることなど、恋するジークフリートに気づく余裕などなかった。

ジークフリートがしびれを切らして、シッテンヘルム城まで馬で行こうかと思い始めたころ、猛スピードで走る馬の蹄の音が聞こえてきた。

ジークフリートは門前でじっと待っていることができず、全速力で駆け寄った。

「クルト、マリーアに手紙を渡してくれたか？　そのときの反応は？　今すぐ会いに行っても問題ないだろうか？」

「殿下、申し訳ありません」

馬上でうなだれるクルトを見て、ジークフリートの中に今までにない緊張が走った。山中で熊に襲われたときだって、こんな恐怖を感じなかった。

「な……何に申し訳？」

——マリーアは身分差のある恋はいやなのだろうか、それとも、愛妾がいやなのだろうか、いやいや、それ以前に私より婚約者のほうがいいということだろうか。

そんな考えが一瞬のうちに彼の頭をよぎった。

「……シッテンヘルム城にマリーアという名の侍女が十一人おり、全員と会いましたが、あのマリーア様はいらっしゃいませんでした」

クルトが馬から下りて馬を引き、ジークフリートとともに門のほうへ歩き出す。

「……どういうことだ？　では、カロリーネは？」

「はっ。そこでやはりありふれていない名前のカロリーネを探すしかないと思ったのですが、シッテンヘルム城に、カロリーネという名の侍女はいない、と——」

そう一気に話してから、クルトはぜいぜいと息を切らした。相当急いで戻ってきたようだ。

「いない……では、あの二人は、一体……？」

ジークフリートはショックのあまり花を手から落としてしまう。

「誰もそんな者は知らぬと……。しかも、ここ一ヵ月、休暇を取った使用人はいないとか」

「なんだと……？」

ジークフリートはマリーアとの繋がりが完全に切れたような恐怖に襲われる。

「私がシッテンヘルム城を訪問したら……いや、だめだ。トロムリッツ公爵はミヒャルケ公国公女の従兄だから話がややこしくなるだけだ」

そもそもマリーアは近くにある有名な城の名を口にしただけではないのか。

「殿下は公女に結婚のお申し込みをしたままですしね」

「早く申し込みを取り下げないといけないな」

「え、ええ？　取り下げですか⁉」

クルトが慌てた様子になり、おずおずとこう提案してきた。

「まずは、マリーアを見つけませんか？」

そうだ。取り下げなどいつでもできる。マリーアを探すことが先決だ。

「よし。まずはエッジを販売している靴屋に行くぞ」

「た、確かに！　何かいい情報がありそうですね」

ジークフリートが馬に乗ろうと厩舎《きゅうしゃ》の近くまで来たところで、近衛兵が近づいてくる。今回、皇太子のおともとしてついてきた近衛兵にはいない顔だった。

その近衛兵がジークフリートの前で直立し、額《ひたい》に手を当てる敬礼をした。

「皇太子殿下、皇帝陛下より封書を預かって参りました。お早くお戻りを、とのことです」

皇帝はジークフリートに興味がなく、いつも放《ほ》ったらかしにされていたので、これは珍しいことだ。

「皇宮で何かあったのか？」

ジークフリートは一抹の胸騒ぎを感じながら、封書を受け取って中に目を通す。

「これは……？」

と、近衛兵に問うのと同時に、ジークフリートは近衛兵の背に回り込んで肘裏で彼の首を固定し、その男の腰から銃を抜いて彼のこめかみに銃口を押しつけた。

「殿下⁉」

クルトが青ざめている。

ジークフリートは背後から、近衛兵に囁《ささや》いた。

「この封書、誰から受け取った？」

「こ、皇帝陛下からです」

近衛兵は何が起きたかわからないといった様子で声を震わせている。

「陛下が直接おまえに渡すわけがないだろう？」

「陛下の侍従のディートヘルム様からです」

アマーリエの息のかかった侍従だ。

「へえ。ディートヘルムはいつから郵便も担当するようになったのかな？」

「殿下、この男に何か不手際でもあったのでしょうか？」

クルトがサーベルの剣先を男の首に突きつけていた。この近衛兵の腰から抜いたものだ。

「理由は話せないが、この手紙は偽物だ」

「ええ⁉」

皇帝のサインがいつもジークフリート宛てのときにするサインと異なっていた。こんなこともあろうかと、皇帝が皇太子への手紙に署名する際、普段のサインとわずかに違《たが》えているのだ。皇太子宛てのときは跳ねを一か所少し丸くするだけなので、知らないと気づけない。

——私はまだ父に見捨てられていないようだな。

ジークフリートは内心、安堵していた。

「おそらく、この手紙を読んだ私が、月もない今晩、急ぎ皇宮まで馬を走らせるところを襲う計画でも立てているのだろう」

クルトがサーベルを持つ手をわななかせ、目も口もめいっぱい開けてショックを受けている。銃とサーベルを前後に突きつけられ、近衛兵が小さく震えながら哀願してきた。

「殿下、信じてください。私は手紙を託されただけでして、決して、お命を狙うようなことは！」

「そうか……では、それを証明するために、せいぜい私の役に立ってくれ」

ジークフリートはとりあえず、近衛兵から取り上げた銃を自身のポケットに突っ込んだ。

「殿下、私はうれしゅうございます。いつもの殿下です！」

クルトが一転、感激した面持ちで目を潤ませている。

「おまえの顔芸もいつも通りだよ」

ジークフリートが白けたようにそう言うと、クルトが再び刮目《かつもく》した。

――今度はなんなんだ。

「もしかして、マリーアの身にも危険が及びませんでしょうか？」

「なぜだ？」

「それは……殿下の大切な方ですから」

真顔でクルトがそんなことを言ってくるものだから、ジークフリートはハッと小さく笑った。

「それはないだろう。もしマリーアが私のかけがえのない女性だと知っていたら、マリーアを捕らえて手紙を書かせるはずだ」

「た、確かに……」

「それより、宮殿に帰還する馬車を用意せよ」

ジークフリートがそう告げるとクルトが目を見開いた。

「ええ!?　襲われますよ!?」

「そうだ。襲わせてやらないと、満足してもらえないだろう？」

ジークフリートはニッと口を左右に広げた。

第三章　公女マリーア、駆ける

　そのころ、マリーアはカロリーネとともにミヒャルケ公国へと向かう馬車の中で揺られていた。見知らぬ男とスケートしていたこと、そして溺れかけ、さらには、裸で温められたことが、侍医の口から従兄パルドゥルの耳に入り、今、ミヒャルケ公国に強制送還されているところだ。

　公女に命と貞操の危機を与えてしまったことに、パルドゥルは、大公に申し訳ない、顔向けできないと嘆いていた。

　何もなかったからいいではありませんかと、マリーアが言っても、そういう問題ではないとパルドゥルに一蹴《いっしゅう》された。

　――ジーク……きっと今日も池で一人、スケートの練習をしているのかしら……。

『マリーア、大丈夫か？』と言ったときの、濡れて長くなった前髪の隙間から見えた、心配そうな眼差しを思い出し、マリーアの胸はきゅっと締めつけられた。

「マリーア様、ジークのことが忘れられないんですね？」

　隣に座るカロリーネが心配げに顔を覗き込んでくる。

「ええ。命の恩人で、私の初弟子なのに、お別れの挨拶もできなかったわ。しかも、もう二度と会えないのでは……と思って……」

「オーレンドルフ帝国の皇子どちらかと結婚したら、近衛騎士ならまた会えるのではありませんか？」

「まあ、私に不倫をしろと⁉」

マリーアが驚いてカロリーネのほうを見やると、彼女が呆《あき》れたように口を開けている。

「私、何もそんなこと申しておりません」

「あ、そ、そう。早とちりだったわ」

——私、いつの間にか、こんな破廉恥《はれんち》なことを思いつくようになったのかしら。

マリーアは扇《おうぎ》を取り出して小さく揺らし、自身の顔をあおいだ。そうして気持ちを冷まそうとしても、思い出されるのは、彼に抱きしめられたときの感触だ。筋肉は硬いものだと思っていたが、しなやかで肌触りがよかった。

——でも、私が公女だなんて知ったら、きっと尻ごみするわ。

近衛騎士に、皇太子と恋敵《こいがたき》になる度胸はないだろう。しかも誇りを持って任務に当たっていると言っていた。

——やりがいのある仕事なのよ……。

「マ、マリーア様、顔色がお悪うございますわ！　私、侍医を呼んで参ります」

マリーアの馬車の後ろには、侍医が乗る馬車が続いていた。

「いえ、いいわ。侍医は。ちょっと落ち込んだだけ」

「まあ！　やはり、ジークのことが忘れられないのですね。なかなかいない美形ですものね。背も高いし。それなのに童貞だなんて」

カロリーネが含み笑いをした。

「どうてい……？　そういえばそんなことを……。道程ってなんの道半ばだというの？」

カロリーネが目を丸くしたあと、神妙な顔で耳打ちしてくる。

「童貞とは、女性経験がないこと、またはそういった人を表す言葉です」

「えっ！　普通、結婚まで契《ちぎ》らないものではないの？」

カロリーネがこれ見よがしにゆっくりと首を振った。

「マリーア様は修道院から出ていらしたばかりですものね。でも、それは修道院が教える建前です。男性は女性経験があるほうがもてるので、童貞でも経験のあるフリをするほどです」

マリーアは耳を疑った。

「ほかの女性と経験があるほうが喜ばれるってどういうこと⁉」

「え、それは、ほら、やっぱり、もてないよりもてる男性のほうがいいし、女性の扱いもうまそうですし……」

なぜかカロリーネが頬を赤らめて顔を手で覆った。こんな表情を見るのは初めてだ。カロリーネにこんな変な男の趣味があったとは、近くにいても人はわからないものである。

「……人の好みはそれぞれよね」

「あんなに美形で今まで童貞を守ってきたとは……彼はそうとうお堅い方のようで」

「そう……そうよね。女性から人気があるようなことを言っていたもの。相当の覚悟をもって守ってきたのね。その童貞とやらを」

「ですから、先日、人工呼吸をして体で温め合っても貞操が守られたのですわ」

——じ・ん・こ・う・こ・きゅ・う？

「カロリーネ、ちょっと待って、今、あなた、なんと？」

「修道院では人工呼吸という言葉も教えてもらえませんでしたの？」

「いえ、それは知っているわ。救命のために、息を吹き込む……」

そこまで言って、マリーアはあの口を塞いでいたものの正体に気づいた。

——私、ジークとキスしている！

「人工呼吸が私の初めてのキスだったということ……？」

「いえ、あれはあくまで救命のためですから。オーレンドルフ帝国の軍には救命協会があり、海難事故で活躍したと聞いたことがあります。ジークは命の恩人ですね」

「そう……そうだったの……。私、本当に死んじゃうところだったのね。それなのにちゃんとお礼も言わず……」

マリーアはこのままジークと会わないなんてことはありえないような気がしてきた。

「そもそも私、キスなんかされて……もう童貞じゃないのね」

カロリーネが急に真顔になった。

「マリーア様、キスと童貞は関係ありません。女性の処女にあたるのが男性の童貞です。それに童貞という言葉は上品ではないのであまりお使いにならないほうがよろしゅうございます」

「じゃ、純潔はどうかしら？　同じ意味でしょう？　私、純潔を守ってきた男性がいいわ」

「じゅんけつ」

カロリーネが鸚鵡《おうむ》返ししてから、自身に言い聞かせるようにこうつぶやいた。

「ええ、まあ……同じ意味です。そうです、同じです、はい」

二泊三日の行程を経て、マリーアの馬車が母国のクーネンフェルス宮殿に入ると、門番はいつものように「公女マリーア様のお帰りです」と、声を張り上げ、周りの衛兵たちに伝えた。

マリーアが衛兵たちの動きをぼんやりと窓から眺めていると、目の前にサファイアのようなきらきらした青い瞳が現れた。

「え？　どなた？」

マリーアが驚いて顔を離すと、青い瞳は優雅に細まり、口の端が上がる。上品な笑みを浮かべた長髪の男だった。

「初めまして。私はディレク・バルリング・フォン・キルンベルガーと申します。マリーア様がご不在ということでちょうど帰ろうとしていたのですが、お会いできて光栄です。あわや、こんな美しい方と会わずに寂しく帰国するところでしたよ！　私はなんと幸運な男なのでしょう。少しだけでもお話しする栄誉をこの私にお与えいただけませんでしょうか？」

――もしかして……第二皇子⁉

キルンベルガー家といえば、オーレンドルフ帝国の皇帝の家系である。

話が長そうな男性なので、できれば馬車を全速力で発進させて振り切りたいが、相手は大帝国の皇子である。逃げるわけにはいかない。

彼の背後にある馬車は黄金がふんだんに使われた豪奢なものであった。

何か返事をしないといけないが、馬車の中である。大声を出すのははしたないので、マリーアは扇で口元を覆い、少し馬車の扉を開けた。

「ここで降りるわけにはいきませんので、エントランスのほうに行きませんこと？」

マリーアはそう提案して、すぐに扉を閉める。

すると、ディレクは「それもそうですね」と、肩より少し長いダークブロンドをさらりと揺らして背を向け、黄金の馬車のほうに戻って行った。

マリーアの馬車がゆっくりと動き始める。

「マリーア様、すごい美形っていうか美人って感じですね！」

カロリーネが目を輝かせている。

「カロリーネはああいう、なよなよしたのが好みなの？」

――あれじゃあ、私が氷の下に落ちてもキャーとか叫んで終わりそうだわ。

マリーアの馬車がエントランスに着くと、皇子を見送りに出ていたと思われる使用人たちが驚きの視線を向けてきた。慌てて中に入って行く者が出たので、おそらく、大公夫妻を呼び戻しに行ったのだろう。使用人たちの瞳には、マリーアの馬車の後ろにつく、さっき帰っていったはずのオーレンドルフ帝国の馬車が映っていた。

マリーアが馬車から降りると、父である大公ローベルトがエントランスに出てきたところだった。父ローベルトが苦々しい顔で近づいてきて、マリーアの耳元で囁く。

「帰りが予定よりえらく早いじゃないか。おまえが戻るまで待つと粘《ねば》る皇子をやっと追い払えたところだったのに。最悪のタイミングで帰ってきたな」

と、そのとき、後ろの馬車の扉が開く金属音がして、ディレクが現れた。

「マリーア、これは運命としか言いようがありません！　私が諦めて帰国しようとしたときに、あなたがお帰りになるなんて！」

ディレクがきらきらと瞳を輝かせて、手を左右に掲げた。まるでここが彼の舞台であるかのような所作だ。

――運命？　どこが？

マリーアはディレクよりも、彼の後ろで毛並みのいい黒鹿毛《くろかげ》の馬に乗っている近衛騎兵たちのほうが気になって仕方ない。彼らは赤い軍服を着用しており、紐《ひも》飾りや肩章は全て黄金《こがね》色。馬の色に合わせたかのように、円筒帽《えんとうぼう》や襟《えり》は黒い毛皮である。この軍服を身に着けたジークはさぞや見目麗しいことだろう。

——会いたい……。せめてもう一度ひと目だけでも……。

「マリーア、ご挨拶は？」

マリーアが感傷的になっていたところ、母である大公妃クラリッサに肘で突かれて、いきなり現実に引き戻された。

この招かれざる客に、マリーアはなんと言えばいいのか。

「え、えっと、初めまして」

クラリッサは困ったように眉を下げ、扇で口元を隠した。

「この娘《こ》ったら、修道院から戻ったばかりで、まだ殿方との会話に慣れておりませんのよ」

マリーアも、クラリッサの横で扇を広げて楽しくもないのに目を細める。

急遽《きゅうきょ》、応接の間にてお茶会が開かれることになった。

マリーアが旅装をほどき、白いドレスに着替えて応接の間に現れると、ディレクが立ち上がり、大げさに「なんとお美しい！」と、またしても手を左右に掲げた。

——演技の幅があまりないわね。

マリーアは心の中でそんな悪態をつきながら、彼の兄である皇太子もこんな感じで、心にもない美辞麗句を並べてマリーアの気を引く気なのだろうかと想像し、それだけでうんざりした。

「マリーア様は休養なさっていたのですよね？　いかがでしたか？」

「ええ。温泉に浸かってゆっくりしていたら、少し元気が出ましたわ」

シッテンヘルム城内の温泉に毎日浸かっていたので嘘ではない。

「オーレンドルフ帝国にもいい温泉がたくさんありますよ」

――まさにその帝国の温泉に行っていたのよ。

「まあ、それは一度行ってみたいものですわね」

ここで、心から笑っている者が誰もいない笑い声が応接の間に響いた。

そんな一見当たり障りのない会話をしていると、ディレクが大公夫妻に顔を向け、こんな提案をしてくる。

「せっかくですから、マリーア様と二人きりで庭園のお散歩をさせていただけませんでしょうか？」

大公ローベルトは妻と顔を見合わせたあと観念したようにこう言った。

「宮殿の中庭でよろしければ……」

中庭なら衆人環視のうちで、変なことはできない。

「ありがとうございます！　お義父様《とうさま》……いえいえ、これは気が早すぎましたね」

ディレクが少し目を伏せ、ふふっと照れたように笑った。

――わざとらしい……。

マリーアは重い足を引きずり、ディレクを中庭に案内した。左右の木立《こだち》は葉を失った替わりに雪をかぶり、静謐《せいひつ》な美しさがあった。歩道に沿って一定間隔で彫像が配置されている。

「春になったら、歩道の両脇が花々で埋め尽くされるんですのよ」

「非の打ちどころのない、美しいお庭ですね。まるでマリーア、あなたのようです」

ディレクが形ばかりの笑みを浮かべて横目でマリーアを見てくる。

あまりの嘘くささに、マリーアはぷっと噴き出してしまい、慌てて扇で口元を隠した。

「今、お笑いになっていませんでしたか?」

「いえ、気のせいではありませんこと?」

ディレクが半眼になった。長いダークブロンドの睫毛が真《ま》っ直《す》ぐ前に伸びている。

――なんだか、さっきと雰囲気が変わった?

「いいえ。わかっていますよ。私の必死な求婚は、傍《はた》から見たら、さぞや可笑《おか》しなことでしょう。ですがそれを言うなら、大公ご一家、あなたたちも同じです。私と婚約したら、皇太子との関係が悪くなるからと、必死で時間稼ぎをしていらっしゃいます」

――そう言われてみれば、そうね。

マリーアは首を傾《かし》げてディレクに視線を向ける。

「そこまでおわかりでしたら、私たちのことは放っておいてくださいまし」

ディレクの瞳が面白いものを発見したかのように輝いた。

「あなた、歯に衣《きぬ》を着せないんですね」

「だって、私、あなたの気を引くつもりがありませんから」

どう思われてもいいと思えば、なんでも話せるものだ。

ディレクの片方の口角が上がった。

「ふむ。とはいえ、兄とうまくいかなかったときのために、私を担保にしておくという手もありますよ？」

「そういうことは父が考えることですわ」

ディレクが何か珍しいものを眺めるような視線を向けてくる。

「私はあなたを気に入りました。そしてあのブナの木も。雪をかぶっているのに、あの枝だけまだ葉をつけています。春まで残るかもしれませんね」

ディレクが急に話題を樹木にずらしたのでマリーアが戸惑っていると、ディレクがその木のほうに近づいていく。

「そんなに葉が気になりますの？」

マリーアもディレクに続いた。

すると、ディレクが木の幹に手を突いて、マリーアは彼の両腕の間に囚われる。ここは木々に囲まれていて、視界が悪い。バルコニーや少し離れたところから見張っている者たちからは見えないだろう。

――この男《ひと》、計算づくなんだわ。

「な、何を？」

ディレクが背を屈めているので、目の前に彼の顔がある。女性のように美しい。だが、ジークのときのように胸はときめかない。というよりも、この男は微笑を浮かべていても腹の底で何を企《たくら》んでいるのかわからない、そんな怖《おそ》ろしさがある。

マリーアは変なことをされるのではないかと身構えた。

「へえ、こんなに近づいても、私のことをなんとも思わない女がいるなんてね？」

――最近似たような台詞《せりふ》を聞いたわ……口調が全然違うけど。

そう思ってしばらくしてから、ジークの『俺と踊りたがらない女など、今までいなかった』という言葉を思い出す。同じ自信家でも、こんなにも印象が違ってくるものか。

「マリーア様、好きな男性がいますね？」

「えっ」

ジークの顔が浮かび、マリーアは一瞬たじろぐが、すぐに体勢を立て直し、口元に笑みを作る。

「自分を好きにならないからって、好きな男性がいると決めつけるなんて……自惚れも過ぎますわ」

「自惚れではありません。本当のことです」

ディレクが幹から手を離したので、マリーアは内心ホッとしたが表情に出さないよう努《つと》めた。

「残念ですわぁ。ディレク様の魅力はどうやら帝国内だけにとどまっているようですね？」

マリーアは、思いっきり厭味《いやみ》ったらしく小首を傾げてそう言う。

「へえ、なかなか言いますね。淑女たちが私の皇子という地位に惹《ひ》かれているだけだとでも？　地位だけなら、私の兄のほうが上です。だから、私は恋愛のテクニックを磨き、今や兄と人気を二分している。私のほうが実力は上ですよ？」

「いろんな女性といやらしいことをしてきたというわけですね？」

ディレクが苦笑した。

「……本当に歯に衣を着せない……！　マリーア、今思えば全て、あなたと出会うまでの練習だったのですよ」

――女性を練習台扱いだなんて！

マリーアが猛烈にいらっとしたところでディレクに顎を取られる。

「やめてください」

マリーアは、すごい勢いで顔を左に振って彼の手から逃れた。それなのに憎らしいことに、この皇子は平然としたまま美しい顔を崩さない。

「取引をしませんか？」

「取引？」

「ええ。お察しの通り、私は公女殿下と結婚したい。それがあなたのような美しく大胆な女性だなんて、本当に幸運なことです。あなたに好きな方がいるなら、侍従なり護衛なりの仕事をつけて我が国に連れてきたらいい。寛大な夫として浮気を認めますよ」

――浮気を認める。

その言葉が心の深くに刺さった。好きな男性を連れていく必要はない。ジークはオーレンドルフ帝国の近衛騎兵なのだから。

夫公認で浮気をしていい――。

皇太子なら、こんな条件は決して出さないだろう。ディレクは皇位継承権第二位という引け目があり、こうして下手《したて》に出ているのだ。

「……な、なんでそんな……好きな人がいるって決めつけて……。連れて行けないような高い身分の男性かもしれないではありませんか」

ディレクがクスッと余裕の笑みを浮かべた。

「修道院から出てきたばかりで舞踏会デビューもまだでしょう？　貴族男性と出会えたとは思えませんね。それとも子どものころに結婚の約束をした幼馴染《おさななじみ》でもいらっしゃるのですか？　そういう関係は素敵だと思いますが、時が経てばお互い変わるものですよ？」

全てを見通したような薄青の瞳が細まり、唇が弧を描いた。すごみのある笑みだ。この男はただきれいなだけではない。これが恋愛経験値の差なのだろうか。

だが、恋を自覚したばかりのマリーアはここで負けるわけにはいかない。毅然《きぜん》と顔を上げる。

「どのみち、ここで私が承諾しても無駄なのはおわかりでしょう？　ミヒャルケ公国は、時間を引き延ばす必要があるのですから……！」

ディレクはわずかに目を見開いてから、ハハッと顔を上げて笑った。

「これはいい……！　公女殿下は美しいうえに聡明《そうめい》だ」

ここは喜ぶようなところだろうかと、マリーアがいぶかしんで無言になっていると、ディレクが一転、人のよさそうな笑みを向けてきた。

「私たちはきっといい夫婦になれると思いますよ？　では、応接の間に戻りましょうか？」

――なんなの、この人……。

最初、ディレクはただのおべっか使いだと思っていたが違う。かなりの策略家のようだ。


ディレクはマリーアと別れたあと、客間に戻った。さっき引き払ったばかりの部屋で、従者たちが再び荷物を広げている。

と、そのとき、オーレンドルフ帝国からの伝令が届いた。近衛兵ではなく、彼の私兵である。

近衛兵は堅物の兄ジークフリートが仕切っているので私的な用件は頼めない。

　ディレクは応接室で人払いをして、伝令のクヌートと小声で話す。

「襲撃に失敗した？」

「申し訳ありません。ジークフリート様は信書を受け取るとすぐに馬車で保養施設をお出になりました。計画通りということで、人気のない池のほとりで襲ったところ、馬車の中は空っぽで、御者はなんと、偽の信書を託した近衛兵だったんですよ。しかも池の周りの林から一斉に近衛兵が飛び出してきて我々のほうが襲撃を受けてしまいました」

「……つまり、事前に勘づかれたということか……」

「誠に申し訳ございません。闇夜にしたのが仇《あだ》となりました。逆にこちらが生け捕りにされ、連行されました。ですが、今回襲撃に使った私兵は雇い主がディレク様だとは知らされていないのでご安心を」

「ああ。おまえが捕まらなかったのは幸いだった」

　――完全に父上の筆跡をまねたはずなのに……なぜばれた？

「ディレク様、ですがいい情報がありまして……あの堅物のジークフリート様に、ご執心の女性ができたようなのです」

「なんだって⁉　それは一体どんな女だ？」

　義務ばかりふりかざす面白みのない兄が誰かに執着するなんて、にわかには信じられない。

「それが平民の金髪美人でして、あのジークフリート様が毎朝いそいそと池に出かけて、彼女が現れると急に上機嫌になって、なんと氷上で二人でダンスを楽しんでおられたんですよ」

「あの兄が女と楽しそうに氷上で踊る？　それこそ人違いじゃないのか？」

「いえ、スケートは明るいうちにしかしないので、見間違えることはありえません」

「無駄の嫌いな兄がそんなことをするなんて……それはよほど惚《ほ》れているとしか……。温泉療養は口実でその女と遊ぶのが目的だったというわけか！」

「ええ。ミヒャルケ公国を秘密裏に訪れることが目的かと思っておりましたが、真の目的はその平民の女だったというわけです……！」

――ん？　待てよ？

「それなら父王の手紙など偽造せずとも、その女に手紙を書かせておびき出せばよかったじゃないか！」

ディレクの指摘に、クヌートが「あっ！」と、素《す》っ頓狂《とんきょう》な声を上げている。

「あっじゃない。至急、その平民の情報を集めよ。ただし二人の仲を裂くようなことは絶対にしてくれるなよ！　むしろ大歓迎だ。こちらの動きはくれぐれも兄に漏れないように」

「はっ！　もちろんでございます」

クヌートが深々と頭を垂れて応接室を辞すと、隣室から侍従が入ってきて、ディレクが座る長椅子の前にあるローテーブルにワイングラスを置いた。

「ディレク様、持参した白ワインですが、私めが毒見させていただきました」

身の安全のために、持参したワインしか口にしないようにしていた。

「よかろう」と、ディレクはグラスに手を伸ばして、ワインを口にする。いつもと同じワインだが、いつもより美味《おい》しく感じた。クヌートは指示待ちで自ら考える力はないが、やれと言ったことはやる男だ。

——兄を殺さずとも、皇位が私の手に転がり込むかもしれないな。

もし、皇太子が平民に入れあげ、ディレクがミヒャルケ公国公女を娶れば、皇帝は跡継ぎをディレクにせざるを得なくなるだろう。

ディレクはワインで喉を潤すと、ワイングラスに映る自分を見つめて目を細めた。どんな女性だって見つめられればうっとりとする美しい顔がそこにある。

——今夜、さっさと公女を私のものにしてしまおう。

「マリーア……」

マリーアは自室のベッドに寝ているはずなのに、ジークの声で覚醒《かくせい》した。

唇にやわらかい感触が触れ、驚いて目を開ける。

——も、もしかして人工呼吸⁉

いつの間にか、また溺れてしまったのだろうか。

「ジー……」

名前を呼ぼうとしたが、目の前にある顔は――ディレクだった。

「な、なんで、ここにディ……」

マリーアが彼の胸板を突っぱねて抗議の声を上げかけたところで布のようなもので口を覆われる。

「約束通り、気持ちよくしてあげるよ？」

――そんな約束してない！

そう叫びたいが、布で口を覆われ、声にならない声を漏らすことしかできなかった。

「ご両親の許しを得てここに来たんだ、観念をし」

――嘘！

そんなわけがない。父はディレクを疎《うと》ましがっていた。だが、それならなぜ、公女の寝室に彼が入ってこられたというのか。扉の前では常に衛兵二名が警護している。

――もしかして！

侍医からジークのことを聞いて、心変わりしたのかもしれない。従兄のパルドゥルに言いつけるぐらいだから、マリーアの親にだって告げ口しかねない。

――平民と仲良くするような娘にはさっさと皇子をあてがおうって……!?

そんな疑惑が次々と浮かんでくる。

そのとき、彼の手が胸に伸びてきた。いやらしい手の動きにマリーアの全身に悪寒《おかん》が走る。

「結構ある……うわっ」

マリーアが彼の股をどかっと蹴り上げると、彼の手が離れた。

「スケーターの脚力、舐《な》めないでよ！」

ベッドでうずくまるディレクを後目《しりめ》に、マリーアはベッドから飛び下りて隣室へ向かおうとしてやめた。扉の向こうにディレクの手の者がいる可能性が高い。少なくとも衛兵には異常事態が起こっている。

――そうだわ！　隣室のカロリーネの部屋よ！

「マ……マリーア……！」

呻《うめ》くようなディレクの声が耳に入り、マリーアが振り返ると、ディレクが股間を押さえて、よろよろとこちらへ向かってきている。

マリーアはすごい勢いで窓を開ける。凍えそうな風が吹き込む。窓の下には太い梁《はり》。ここは三階だが、ディレクに襲われるぐらいならここから落ちたほうがましだ。

風に煽《あお》られた髪の毛が顔に当たる中、マリーアは、その梁を伝い歩き、カロリーネの部屋の窓をたたいた。

カロリーネは警護の訓練を受けた者なので、すぐに気づいて窓のほうに駆け寄り、マリーアの顔を認めると窓を開けた。

マリーアが部屋に飛び込むと、カロリーネが窓を閉めて冷風を塞ぐ。

「マリーア様、なんでまた窓から……⁉」

「ディレクに襲われたのよ！」

「ええ⁉　マリーア様、襲われたって……⁉」

「大丈夫。股間を蹴ったから、しばらく再起不能よ。純潔は守ったわ」

──いえ、大丈夫じゃないわ。

胸を触られた感触を思い出し、マリーアはとてつもない不快感に襲われる。

「そんな状況になってしまって申し訳ありません」

「昼だけでなく夜も警護なんて無理よ。窓をたたく音に気づいただけでも大したものだわ。それよりも外出着と靴をちょうだい」

「わ、私のでよろしければ、いつでも出かけられるようにまとめております」

カロリーネは防寒具も含めて一式を包んだ布袋をベッド脇のチェストから取り出した。

「ありがとう」

そのときチャリンと硬貨の音がする。外套のポケットに金子の袋を入れているようだ。

「カロリーネ、あとで必ず返すから、このお金、少しの間、貸してくれないかしら？」

マリーアが大急ぎで、侍女の服に着替え始めると、カロリーネが怪訝そうに見つめてくる。

「それはいいですけれど……マリーア様、これからどうなさるおつもりですか？」

「私、一刻も早くここを離れたいの」

「え、こんな夜中に？　馬車の手配をいたしましょうか？」

「いえ、そんなことをしていたら、ディレクに見つかるわ」

「見つかっても大丈夫なように、今すぐ衛兵を呼んできますから！」

カロリーネが慌てた様子になった。

「カロリーネ、私はディレクを部屋に招き入れていないの。ディレクは勝手に私の寝室に入ってきたのよ。お父様だってぐるの可能性があるわ」

「なんてこと！　それで、ここから離れたがってらっしゃるのですね。ですが、私がなんとかしますので、私の部屋でお隠れになっていてください」

「それは……無理よ。私、ここにはいられない！」

マリーアは毛織のケープ付きコートをばさりと羽織った。

「では一体どこへ行かれるというのです⁉」

「お父様には絶対に言わないでね。私、どうしてももう一度ジークに会わないと……でないと、心がおかしくなりそうなのよ」

カロリーネの目も口も真ん丸になった。

「マリーア様、やっぱりジークのこと……⁉」

「忘れるつもりだったのよ。お金持ちで顔がよくて気立てのいい若い貴族と結婚して……でも無理。さっきの気持ち悪さを忘れるにはどうしても……今すぐにジークが必要なの！」

マリーアは、わななく唇を手で押さえる。

――ディレクの感触、思い出しただけで吐きそうになる。

「マリーア様、ショックのあまり錯乱してらっしゃるのですわ。まずはベッドでお休みになってくださいませ。私がお守りいたしますから！」

「いいえ、すぐ近くにディレクがいると思っただけで怖くて仕方ないの。私、ここを出るわ」

――ジーク！　もう一度、抱きしめて、あいつの感触を忘れさせて!!

マリーアは窓を開けた。再び冷気が入り込む。背後からカロリーネの心配げな声がする。

「まさかここから外に出るおつもりですか？」

「ええ。スケートで脚力を鍛え直したから平気よ！」

マリーアは窓枠を掴んで再びあの梁へと後ろ足を落とす。小さいころ、こうやって自室を脱け出しては両親に怒られた。

――あとは横歩きをして彫像まで行って、彫像を伝い下りれば……。

昔の感覚を思い出しながら、だが、昔より慎重に、暗闇の中、マリーアは足場を確かめては下りていく。やがて地上に足を着けると、厩舎《きゆうしや》まで全速力で走り、愛馬に跨る。不審人物と思われて撃たれてはかなわないので、正門に向けて馬を走らせながら、こう叫んだ。

「見て、私はマリーアよ。暴漢に襲われたから逃げるわ！」

「マリーア様、どちらへ？」

「マリーア様、我々がお守りしますので、ここにお留まりください」

そんな門番たちの声が上がる中、マリーアは闇夜の庭を駆け抜ける。

「避難先を言えば、また暴漢が追ってくるでしょう！」

そう叫んで、マリーアはオーレンドルフ帝国との国境へと向かった。

だが、冷たい風に当たっているうちに、さすがのマリーアも、だんだん冷静になってくる。

——絶対にジークに会うと決意して飛び出したものの……。

シッテンヘルム城まで馬車なら二、三日かかる距離だが、休憩を取らずに馬を走らせれば、夕方までに池に着くはずだ。だが、夕方ともなるとジークは帰ってしまっているのではないか。

ジークは、溺れた翌日にまた会うつもりだったようだが、マリーアが帰国の途についたため、会うことが叶わなかった。あの日は体調を崩して来られなかっただけだと思ったとしても、その次の日もマリーアが来なかったのだから、もう再会することを諦めているのではないか。

そんな不安がどんどん湧き上がるにつけ、馬の速度が上がっていく。

マリーアが、馬に水と草をやるときにパンをかじる程度の休憩しか取らずに全速力で向かったところ、翌夕には池にたどり着くことができた。

——いないかもしれないけど……。

まずは池を見に行き、そのあと、彼が宿泊していると言っていた保養所を訪ねるつもりだ。

――保養所にいなければ……？

皇宮を訪ねるしかないのだろうか。だが、皇宮であるデルブリュック宮殿はディレクの住居でもある。

――公女という身分を明かさなければ入れてもらえないし、明かしたら、ディレクどころか皇太子に掴まるかもしれないわ……。

そんな絶望的な気分になりながら、マリーアは大木に馬の手綱《たづな》を括《くく》り、雪をかぶった木々の間にできた狭い道を歩いていく。すると、着氷したときの鋭い音がした。

――ジーク⁉

マリーアは駆け出すが、雪に足をとられ、あまり速くは進めなかった。池のほとりに出ると、池の中央でジークが後ろ向きに滑り始めたところだった。再びジャンプに挑もうとしているのだ。

と、そのとき、ジークが跳び上がった。

第四章　至福のとき

マリーアの心もまた、今までにない高みへとジャンプしていた。

ジークが二回転してから氷上に舞い下りる。

マリーアは涙ぐんですごい勢いで拍手をした。

――ジークの才能に嫉妬するなんて、今思えばなんて愚かだったのかしら！

彼はどこまでもスケートに真摯《しんし》で、そしてその回転する様《さま》のなんと美しいことか。

「マリーア！」

ジークがそう叫び、スピードスケーターのような勢いで一瞬にしてマリーアの目前までやってきた。

マリーアは池の中に足を踏み入れ、ジークに抱き着く。

「マ、マリーア？　どうした？　今日は寒いから氷は割れないと思うけど……」

ジークがマリーアを抱き上げて、くるくるとスピンをした。

彼のうれしそうな笑顔。その背後で夕焼けと雪景色がくるくる回る。ジークは、世界は、こんなにも美しい。

マリーアはなぜだか感極まって眦《まなじり》を熱くする。涙をぐっとこらえたつもりだが、頬に雫《しずく》が伝っていく。

「マ、マリーア？　どうした？　何か辛いことがあったのか？」

ジークが回転の速度を落とした。

「二度と会えないかと……ジークがここにいてくれて……よかった」

ジークが回転を止め、顔を近づけてきた。彼の瞳が切なげに細まる。

「俺も会いたかった……もう会えないかと思った」

「私も……ヒック……ジーク、やっとわかったの。私……あなたのことが好きだわ」

「本当に⁉　もう会えないと思っていたら……いきなり、そんな……すごくうれしいよ！」

そう語気を強め、ジークはマリーアを一旦、氷上に下ろし、急に滑り出した。曲線を描いている。マリーアは氷上にできた線を瞳でなぞる。

「まあ！　なんてきれいなハート！」

「あと、お次はこれだ！」

彼はさらにハートを三つ描いていく。滑り終わったときには、四枚の花弁を持つ花の形になっていた。

「素敵！　お花ね。いつの間にか、こんなに上手に！」

「マリーアが来たら花をプレゼントしようって練習していたんだ！」

「大会に出たら、きっと一位よ！」

「そんなことはどうでもいい。マリーアが俺のことを好きになってくれたなんて！」

ジークは猛スピードでマリーアのもとに戻ると、彼女を横抱きにして背を屈め、顔と顔を近づけてくる。

「キスしてもいい？」

「ええ、もちろんよ」

マリーアは即答した。城を出て初めて水を飲むときに、唇をごしごし洗ったが、感触を拭《ぬぐ》えなかった。だから一刻も早くキスしてほしかったのだ。

ジークは滑りながらマリーアにくちづけた。かなり気温が下がってきたうえに、滑ることで風が吹きつけるので、彼の唇の温かさが際立つ。唇が離れると、二人の息が白く吐き出され、空中で混じり合う。

「ねえ。ジーク、今日のキスは初めてではないんでしょう？　人工呼吸をしてくれていたって、カロリーネに聞いたわ」

それは祈りにも似た言葉だった。初めてのキスがディレクとだとは思いたくなかった。

「マリーアは気づいていなかったんだ」

ジークが照れたような表情になった。

「命の恩人だったのね」

「君に生きていてもらわないと、私の心が死んでしまうから、自分のためさ」

「……ありがとう、ジーク」

マリーアは彼の胸に頬を預けた。毛皮ではなく、毛織物で肌触りがよくなかったが、この世で一番心地よい場所のように感じられた。

「寒くなってきたね？」

「私、今日はスケート靴を持ってないの。実はずっと馬に乗ってきたので、疲れちゃったわ」

「そうか……じゃ、あの休憩所で休もう」

ジークは、池の際《きわ》まで滑ると、エッジをつけたまま、雪が積もった地面を踏みしめ、マリーアを休憩所の小屋まで運んだ。

「鍵、持っていたりする？」

「その扉の前にある板の下にあるの」

ジークがマリーアを抱えたまま、鍵を開けて中に入る。薪ストーブの前まで来ると、毛皮の敷物の上にマリーアを下ろした。

ジークが背中合わせに座って小枝に火を点《つ》け、薪ストーブの中に放つ。

「この小屋、トロムリッツ公爵のものだそうだけど、君は侍女じゃなかったんだね？」

ジークが片膝を立て、靴からスケートのエッジを外しながら、そう問うてきた。

ジークがマリーアを、靴を脱いだほうの大腿《だいたい》に乗せ、もう片方の膝を立てて靴にエッジを固定する紐を外している。

「……調べたの？」

「ああ。どうしても……もう一度、マリーアに会いたくて」

彼に熱い視線を向けられ、マリーアは再び涙がこみ上げそうになる。

「マリーア」

いつの間にかジークは靴を脱ぎ終わっていて、マリーアのブーツに手を掛けた。

「あ、私、自分で……」

「いや、俺がやる。マリーアのことはなんでも俺がやりたいんだ」

きりっとした彼の双眸に、マリーアはきゅんきゅんする一方だ。

──貴族の男性なら、こんなことしてくれないわ……きっと。

ブーツの紐をほどく彼の横顔は真剣そのもので、マリーアは、ときめく自分のほうがおかしいように思う。ただ、うつむいた彼の高く通った鼻梁の美しさから目が離せなくなっていた。

しかも、紐を外される作業の音と振動が思いのほか、マリーアに陶酔《とうすい》をもたらしていく。

「終わったよ」

──助かったわ。

このままだと、心臓が転げ落ちてしまうところだった。マリーアは胸を撫《な》でおろす。

「あ、ありがと……きゃ」

ジークの大きな手で片足を持ち上げられ、マリーアは小さく叫んでしまった。くすぐったいのは足裏だけのはずなのに、全身が、体の内からくすぐられていくようだ。

——何……この感覚……。

「こんな小さな足で力強いジャンプを跳んでいたんだね……」

ジークが、マリーアの足に頬ずりしているではないか。

「え、や、やめ。私、スケートしているから、足が硬《かた》いでしょう?」

「そんなことない。すべすべでやわらかいよ」

マリーアは慌てて足を引っ込めた。

「恥ずかしいわ」

ジークが残念とばかりに、空いた掌をマリーアに見せたあと、鼻と鼻が触れそうなくらいのところまで顔を近づけてくる。瞳が切なげに揺れていた。

マリーアは、はぁと熱い息を吐く。

「ジーク、お願い、もう一度キスして」

たくさん幸せなキスをしたら、気持ち悪いキスなど思い出すこともできなくなりそうだ。マリーアは彼の胸に手を置いた。

「俺も同じことを思っていた」

ジークがマリーアを抱き上げて、大腿の上に横座りにさせた。

「女性からこんなことを頼むのは……はしたなかったかしら？」

マリーアは上目遣いでおずおずと尋ねる。

「……いや、今の君、すごく……きれいだった」

彼の澄んだ空色の瞳が眩《まぶ》しそうに細まり、マリーアの鼓動がどくんと大きな音を立てた。唇が重なる。マリーアはそれだけで自身が浄化されたような気になった。

マリーアの背に回されていた手が、彼女の背中を撫で回すようにさまよう。その手は大きく、力強く、マリーアを酔わせていく。

離れていた唇が、角度を変えてもう一度重なった。ジークが今度は彼女の上唇を啄《ついば》み、そして唇の形を確かめるように舌で撫でてくる。

「……やわらかい」

感嘆するようにそうつぶやくと、ジークが顔を傾け、彼女の唇全体を覆うようにくちづけてきた。マリーアは彼の背に手を回し、体の厚みを感じる。

——大きくて温かい。

城を無断で脱け出してきて不安でいっぱいだったはずなのに、彼に包まれていると、世の中に心配ごとなど何もないような気がしてくる。

そのとき、彼の舌が押し込まれ、歯列を割られた。舌と舌が触れ、からみ合う。ちゅっと水音が立つ。なんという淫靡《いんび》な響き。だが止まらない。彼の舌を受け入れながら、マリーアは彼の背に回した手に力をこめた。

しばらく夢中でお互い舌をからめ合っていたが、だんだんと、彼の手が下がっていき、尻を掴まれる。彼の長い指が双丘に食い込む。彼の骨ばった指を感じ、マリーアは背をしならせた。

すると、唇が離れた。

ジークが久々に息をしたかのように荒い息をしている。それはマリーアも同じだ。はぁはぁと胸を上下させる。

一体何が起きたのかとでもいうふうに、しばしお互い、呆然と見つめ合っていた。

ジークが眉根を寄せ、双眸を細める。

「……俺、恋愛なんてくだらないと思っていたんだ。でも、マリーアに会って……こういう気持ちを知ることができて……本当によかった。今の俺に、この気持ちを止めることなんて、できそうになくて……君が侍女だろうが誰でもいいから君が欲しい、君だけが！」

「私も……。あなたが誰だっていい。ずっといっしょにいたい」

──あの気持ち悪い感触を忘れさせて！

ジークの咽《のど》ぼとけがごくりと動き、臀部《でんぶ》を掴んでいた指に力が入る。もう片方の手で胸の円《まろ》みを覆ってきた。

「……あ」

ディレクに触られたときとは全然違う。気持ち悪いどころか、全身を祝福されるようだ。

「俺、いろんな女性に言い寄られてきたけれど、こんなことをしなくてよかった。初めてはマリーアがいいし、今後もマリーア以外には考えられないよ」

「私もジーク以外、考えられないわ」

「可愛いことを言ってくれる」

ジークが唇を強く吸ってきた。唇と舌で彼女の舌を包み込んで離さない。そうしながらも、臀部を掴んでいた手をずらして片脚を持ち上げ、マリーアの両脚で彼の腰を挟むようにし、マリーアを引き寄せる。脚を揃《そろ》えて横座りだったマリーアは、彼の大腿の上で両脚を広げて、ジークにしなだれかかるような体勢になった。

「え、この格好……？」

「マリーアともっと近づきたいんだ……」

額をくっつけられ、甘えたような空色の瞳を目前にして、マリーアは抵抗する力を失った。

「ジーク……私も」

マリーアは彼の腰に手を添えた。

ジークの瞳が酩酊《めいてい》したように半ば閉じられ、ちゅっちゅっと幸せな音を立てて何度もキスをしてくる。そうしながらも彼の手は、マリーアの防寒ケープの紐をほどいて取り去り、その下にある釦を外していく。手の動きは唇の動きに反して性急だった。服を剥《む》かれるたびに、ジークがマリーアの核心に近づいてくるようで、マリーアは快感でぶるりと震えた。

「……寒い？」

「今は……。でもこれから温めてくれるんでしょう？」

「ああ、温め合おう」

マリーアの釦を全て外すと、ジークは彼のシャツを脱ぎ去った。上半身が露《あら》わになる。彫像と見紛《みまが》うごとく、彼の鋼のような体には筋肉が刻まれていた。

――でも、肌触りはしなやかだったわ。

マリーアは助けられて裸で抱き合ったとき凍えていたので観察する余裕などなかった。覚えているのは肌が触れ合った感触だけだ。マリーアは、思わず見惚れてしまう。

「……そんな顔をして」

ジークが困ったような瞳を向けて来たので、どんないやらしい目で見てしまったのかと、マリーアがうつむいたところで、上衣を一気に剥《は》がされた。

「なんて……美しいんだ」

マリーアは恥ずかしくなって、胸の上で前腕をクロスするが、すぐに腕を取られた。

ジークが下目使いで彼女の乳房を眺めている。

「そ……そんな……」

――ジークこそ美しいのに……。

一昨日、裸で抱きしめられ、この胸筋に乳房を押しつぶされたとき、未知の愉悦《ゆえつ》が訪れた。

思い出してマリーアが陶然としたとき、ジークに腕を引っ張られ、彼の胸板に押し倒される。

すると、あのときと同じように、乳首が擦れるたびに、快感がさざ波のように押し寄せてくる。マリーアがそれに呼応して体をうねらせると、腰に彼の腕が回り、ぐっとさらに、彼のほうに引き寄せられる。

あまりの密着感にマリーアが「あぁ」と呻き、首を反《そ》らせた。すると、マリーアの真上から彼の顔が近づいてくる。唇がくっついたと思ったら、口内を舌でまさぐられた。肌が重なっているうえに唇を塞がれ、とてつもない陶酔に、マリーアは頭をくらくらさせた。

唇から滴る雫も体温も吐息も全て共有され、ジークとこのまま溶け合ってしまいそうだ。そう思ったときのことだった。

「あっ」

少し後ろに倒されると、乳暈を食《は》まれた。視線を下に落とすと、彼に吸われて乳房が淫らに張り出している。しかも、彼の野性を帯びた瞳がマリーアを観察するように見上げてくる。

マリーアは見てはいけないものを見てしまったような気持ちに陥り、視線を逸《そ》らした。

「……ここ、痛いの？」

「う、ううん……そういうわけじゃ……」

「ならなんで、そんなふうに眉をひそめているんだ？」

「い、いやなわけじゃないの……ただ、痛いような気持ちいいような不思議な……あっ」

唇で愛撫《あいぶ》していないほうの乳房全体を大きな手で覆われ、やわやわと揉《も》まれる。

「……あぁ」

マリーアはびくんと腰を跳ねさせた。

「……気持ちいいんだ？」

ジークが瞼《まぶた》を半ば閉じた。不遜《ふそん》な目つきだが、なぜか艶《なま》めかしく見える。

「じゃあ、同時にしたら？」

「ど……同時？」

すぐに意味がわかった。マリーアの乳暈にぬめった舌が這い、もう片方の乳首をつままれる。

マリーアはそのふたつの感触に同時に襲われると、全身に甘い痺《しび》れが伝播《でんぱ》していき、やがて下肢に今までにない熱を感じ始める。荒い息で、その熱を逃そうとした。

するとジークがちゅばっと音を立てて、乳房から唇を外した。濡れた乳首が外気に触れると、きゅっと引き締まり、そこから妙な快感が生まれる。

愛撫で濡れた乳首を、なぜかジークが親指で押し込んでくる。マリーアは「んっ」と喉奥を鳴らしてジークの腕を掴んだ。

「君の体、俺に触れられて変化している」

「えっ？」

確かに、体中がむずむずして、今までにない疼《うず》きを感じている。だが、ジークが言っているのは彼女の内なる変化ではない。

「だって、ここ、最初はこんなに尖っていなかったよ？」

マリーアが自身の胸元に視線を落とすと、乳首がつんと立っていて、なんだか淫らな感じがした。

「ほら、しかも、硬くなってきた」

そう言って、ジークが指で乳首をつまんで捏《こ》ねてくるものだからたまらない。

「んぁ」と、マリーアはぎゅっと目を瞑《つぶ》って顎を上げた。

「そうか、こうしたら気持ちいいんだね？」

ジークが指先で胸の突起をいじりながら、まだ舐めていないほうの頂《いただき》に接吻《せっぷん》し、その先端をそっと舐め上げた。そんなささやかな刺激だというのに、彼女の体の中からとめどなく官能が立ち昇る。

「あ……ジーク……」

マリーアは彼の腕にすがりながら、全身をびくびくとさせた。

「どんどん硬くなっていくよ」

彼の息が濡れた乳暈にかかり、マリーアは感度を増していく。

「ど、どうしてこんなに気持ちいいの……？」

マリーアは感極まり涙をこぼした。

「ああ、そんな瞳をして……」

ジークが感激したような声で呻《うめ》き、マリーアの目もとにキスを落としてくる。

その感触が、とてつもなく優しく思えて、マリーアは幸せに酔いしれた。

するとジークは、今度は額に、頬にと、くちづけの位置を変えていく。そのたびに反応を見るように覗き込んでくるから、マリーアはドキドキしてしまう。

だが、耳朶《じだ》をしゃぶられると急にぞくりと恍惚《こうこつ》が背筋を奔《はし》った。

「な……何……今の？」

ジークが流し目でマリーアを見つめながら、飴《あめ》でも舐めるかのように耳朶にちゅぱちゅぱと舌をからませてくる。マリーアは身を縮こまらせた。

「ここも、マリーアの弱いところだね？」

濡れた耳に彼の熱い息がかかり、びくっと首を竦《すく》めたところに、ジークが耳孔に舌を差し込んでくるものだから、たまらない。

「あっ……くすぐ……たい」

「いや？」

こんな奇妙な行為が、淫蕩《いんとう》な気持ちをかき立ててくるから不思議だ。

「いや……じゃ……ない」

そうだ。いやではない。むしろ悦《よろこ》びを感じている自分に驚いてしまう。

するど、彼が舌を耳から下へとずらしていき、首筋に舌を這わせていく。マリーアが、この艶《なま》めかしい舌の動きにぞくぞくしていると、その舌が胸のふくらみを上っていき、やがて頂点をしゃぶってくる。

「あ……ぁあ！」

「やっぱりここが一番感じるんだね」

しこった乳首の頂を、さっきのように、かするかかすらないかというくらいに舌先で舐められた。そんな些細《ささい》な刺激なのに、マリーアはびくんと腰を浮かせる。

「んぅ……んっ」

マリーアは彼の腰に脚をこすりつけた。ジークは、上半身は裸だがトラウザーズは脱いでいない。なので、肌触りはよくないが、こうして快感を逃さないと頭がおかしくなりそうだ。

休憩所にはしばらく、マリーアの脚と服が擦れる音と、ジークが乳暈をすする水音が立っていた。その音を耳にするマリーアからは、はぁはぁという甘い吐息があふれ出る。

「マリーア、きれいだ……」

半開きになった口を、ジークが覆ってきた。ぬるりと舌が入り込んできて、マリーアが薄目を開けると、目の前には彼の長い睫毛がある。彼女の全てを堪能するかのように、彼の瞼は固く閉ざされていて、マリーアは胸のときめきが止まらなくなっていく。

「ジーク……！」

――もう、どうにでもして！

マリーアは彼の広い肩にしがみついて、より密着した。ジークの体はマリーアとは全然違う。全てが大きく、力強い。と、そのとき、トラウザーズ越しに、硬いものが当たった。

――なあに、これ？

まるで生き物のようだ。トラウザーズの中に、何を隠しているというのか。

マリーアが手を伸ばすと、彼がびくっと反応して唇が離れた。

「あ……」

ジークが呻いて上体を退《ひ》き、驚いたような顔をしている。

マリーアがきょとんとして見上げていると、ジークが彼女の手首を取って硬い物から離し、手の甲にくちづけて野性的な眼差しを向けてきた。

「マリーア……いけない娘《こ》だね。もうそんなに欲しいのか？」

何がいけないのかよくわからないが、さっきからお互いがお互いを欲していたはずだと思い、マリーアはこくんとうなずいた。

「ジークは欲しいわ？」

そのとき、ジークの目つきが変わったのが、マリーアにはわかった。獲物を前にした野生動物のような瞳――。

「俺もだ」

うなるように言って、ジークは再びくちづけながら、彼自身のトラウザーズをくつろがせる。

そこから飛び出した硬いものが彼女の太ももに当たった。それはぬめっていて生温《なまぬる》かった。

――やっぱり、生き物！

マリーアは驚いて、とっさに、彼の胸板に手を突いて離れた。

「マリーア？」

意外そうな声が頭上から降ってきたが、驚いたのはマリーアのほうだ。

「あ、あの……これ？」

彼から杭《くい》のようなものがそそり立っている。

「だって、欲しいって？」

「え？　私が欲しいのはジークよ。こんなぬめった木の根なんかじゃないわ」

ジークがなぜかショックを受けたような顔になった。

「マリーア……残念ながら、このぬめった木の根は俺の一部だ……」

「ど、どうしてこんな変わり果てた姿に⁉」

「君が好きすぎて、こんな姿に変わってしまったんだ……」

肩を落とすジークが可哀そうで、マリーアは慰《なぐさ》めるように、彼の背に手を置いた。

「わ、私のことが好きで？　どうしたら、元に戻るの？」

マリーアが力になろうと真剣に問うているというのに、ジークがじとっと湿ったような瞳を向けてきた。何か恨みがましささえ感じる。

「君と繋がらないと、元に戻らない……」

「繋がるって……」

マリーアは、ちらっと視線を落とした。太いものが屹立《きつりつ》している。これとどうやって繋がるというのか。だが、繋がるといえば、修道院で受けた結婚についての講義で聞いた覚えがある。結婚とは、女性の中に男性の雄《お》しべを取り込んで繋がること。それによって実を結ぶことができるのだと――。

「もしかして、これ、雄しべ!?」

それは、雄しべというには見かけが獰猛《どうもう》すぎた。

「そうだ。根でも切り株でもない、俺が花なら、これは雄しべ」

「ジークが花なら……」

マリーアが唖然《あぜん》としていると、彼の手がスカートの中に潜り込んで雌しべをとらえた。

「あっ」

彼の指がマリーアの足のつけ根で、くちゅくちゅと蠢《うごめ》く。

「っ……ぁあ」

マリーアは下肢がむずむずして、彼の腕をぎゅっと掴んだ。気持ちいいような逃れたいような、今までにない感覚が湧き上がってくる。

「マリーア、この雄しべは君のここに、君だけの中に入り込みたくて仕方ないんだ」

掠《かす》れた声で、耳元で囁かれ、熱い息を直に耳に感じ、マリーアはぞくぞくと背筋を震わせた。と、そのとき、指がくちゅりと中へと分け入ってくる。

「あっ」

マリーアは全身をびくんと跳ねさせた。

「……マリーア……そんな表情《かお》して……」

ジークが切なげに双眸を細めたものだから、マリーアはドキドキと鼓動を速めた。この目つきに弱い自覚はある。

ジークの水晶のような瞳が近づいてくる。人が誰かを愛《いと》おしむとき、こんな眼差しになるのかと驚くほどの愛情があふれていた。

マリーアは、いつの間にか口が開いていたようで、彼の肉厚な舌がするりと入り込んでくる。舌と舌がからみあう。そうしながらも、彼の指は奥深くへと進んだかと思ったら、退《ひ》いた。出し入れされるたびに、蜜がかき出され、ちゅっちゅっという卑猥《ひわい》な水音が立つ。

指の律動に合わせて、マリーアの腰が勝手にびくっびくっと跳ねる。下肢がむずむずしてこうせずにはいられないのだ。

彼が唇を離すと、マリーアの口から雫《しずく》が滴った。

「ねえ、マリーア、すごく……濡れているよ？」

唇のことかと思い、マリーアは舌で唇を舐めた。

「可愛い舌だね。でも、濡れているのはここのこと」

「あっ」

彼女の中に差し込まれていた指が、中をかき回すようにくちゅくちゅと動き、マリーアは思わず声を上げて仰《の》け反った。

確かに濡れていて、太ももに蜜が伝っているのが自分でもわかる。

「な……なんで？」

「女性は、感じていると下肢が濡れると聞いたことがあるが、これほどだとは……」

ジークが乳房の頂にかぶりついてきた。口内で舌を使って、その先端を撫でたかと思うと、ちゅうっと強く吸われ、マリーアはふわふわの金髪を振り乱す。大きな手で背を支えられており、後ろに倒れることはなかった。

ジークが舌で胸を愛撫しながら、指をもう一本増やし、二本の指で、彼女の隘路《あいろ》を広げてくる。とろりと新たな蜜が太ももを伝ったのが、マリーアは自分でもわかった。

「ひゃ、あ、ジーク、あ……あ……ジーク……あっ」

気づいたら、マリーアは普段より一オクターブ高い声で彼の名を呼んでいた。

気も狂わんばかりの時間がどれほど流れたころだろうか、やっとジークが胸から唇を離した。

「君の声が可愛すぎて……もっと啼《な》かせたくなってしまったよ」

もっと啼くとはどういうことかと頭の片隅で思ったが、過度の快感に侵《おか》されて、運動でもしたかのように汗まみれになり、はあはあと息を乱しているマリーアに、まともな思考ができるはずもない。しかも今も、彼の指が彼女自身の中で蠢いているのだ。

ジークがマリーアをクッションの上に倒し、スカートとその下穿《したば》きをまくり上げた。

「えっ……そんな」

カーテンが閉められて薄暗いとはいえ、すぐ横にある薪ストーブの炎に照らされている。丸見えのはずだ。マリーアはぎゅっと両脚を閉じて、膝を立てた。

彼の手が足首から膝まで這い上がっていく。

「この期《ご》に及んで無駄な抵抗はやめることだな」

ジークがマリーアのふたつの太ももを掴んで広げた。

「……や、ジーク、やめて」

「やめないよ。あぁ、ここ、なんてきれいな薄桃色……。露《つゆ》に濡れてきらめいている。こんなに美しい雌《め》しべを持つ花があるか？」

ここが雌しべなら、あの猛々《たけだけ》しい雄しべをここに入れるとでもいうのか。マリーアが動揺していると、雌しべに、とてつもない愉悦が訪れた。

「あっ……何……？　ジーク……これ、だ、めぇ……」

頭を少し掲げて、自身の下肢《かし》のほうを見やると、太ももの間《あわい》にジークの顔が沈んでいるではないか。さっき乳房を翻弄していた舌が、今、秘所を舐め上げている。

――ちょ、蝶々《ちょうちょう》じゃあるまいし……！

「あ……だめ、そんなとこ……ふぁ……あっ……舐めちゃ……あ、だ、め……」

ジークはやめるどころか、わざと音を立てて蜜をすすり始める。

マリーアはびくんと体を浮かせ、すがるように毛皮の敷物を掴んだ。

「は……あ……ふぁ……あ！」

息の吸い方を忘れ、思い出したようにとぎれとぎれにマリーアは息を吐く。

ジークがやっと口を離してくれたと思ったら、「ひくひくして悦《よろこ》んでいるみたいだ」とつぶやいた。彼の息が秘所にかかって、違う快感を呼び起こし、マリーアは太ももをびくびくと震わせる。

「それに……俺がすることに反応してくれるのが、すごくうれしい」

「……あっ」

今度は下生えの中の芽のようなものを指で擦られた。

――芽？

こんなところにこんな突起があっただろうか。彼によって、マリーアの体がどんどん作り変えられていく。だが、圧倒的な快楽の前に、不思議と怖いと思うことはなかった。彼にならば、どうとでもしてほしい。

「ふっくりして可愛いよ、ここ」

しかも、ジークはマリーアのどこもかしこも愛おしんでくれるのだ。

ジークがその芽をぺろりと舐め上げると、舌を下げていき、閉じた花弁の上で止まる。今度は指で芽を撫でながら、彼女の秘裂に舌をねじ込んでくる。

「あっ……そんな……あっ……やめっ……」

マリーアはもうじっとしていられなくて、太ももを彼の頭にこすりつけてしまう。

彼の息がかかり、マリーアは「あう」と、声を漏らした。

芽をいじっていないほうの手が下腹を覆う。

「んっ」

お腹《なか》なんて、なんでもないところに触れられただけだというのに、声が漏れ出る。全身が敏感になっていた。下腹に置かれた手が這い上がってくる。その間も、ジークが指で蜜芽を、舌で蜜口をもてあそんでくるものだから、頭がおかしくなりそうだ。

やがて彼の片手が乳房の輪郭をとらえると、すくい上げるように揉んできた。

「ジーク……そんなに……あ……ぁ……ひゃ……あんっ」

マリーアは嬌声《きようせい》が止まらなくなる。

ジークが乳房を大きな手で覆ったまま、親指で乳暈をぐりぐりと押してきた、そのとき、マリーアはどーんと甘い衝撃に襲われ、そのまま頭が真っ白になる。

「……マリーア？」

困惑した声が遠くから聞こえたような気がしたが、しばらく快楽の沼から抜け出せないまま、マリーアは微睡《まどろ》んでいた。

マリーアがようやく正気に戻ると、横向きに寝ていて、大きな体に包まれていた。彼のしなやかな胸筋と触れ合う胸、そしてたくましく太い脚と自身の脚が直にからみあっているのが気持ちいい。が、彼女の太ももには硬い棒が当たっていた。

――棒⁉

マリーアは目を瞬《しばた》かせる。

いつの間にか二人とも裸になっていた。

「マリーア？　起きた？」

ジークが慈愛《じあい》に満ちた瞳を向けてくる。

「ジーク……私？」

「三十分くらい、果てていたみたい」

「果てて？」

「気持ちよすぎるとこうなるって聞いたことがある。気持ちよかったんだ？」

「え、ええ。気持ちよすぎておかしくなりそうだったわ」

「そうか、よかった」

ちゅっと額に軽いキスをされた。

「マリーア……俺のこと、全て受け入れてくれるね？」

「は、はい」

ジークがマリーアを抱き寄せたので、彼女の脚の間に挟まっていた彼の大腿が秘所に当たり、
マリーアは「ぁん」と声を上げて身をよじる。

「声も可愛い……」

ジークがそう一人ごちた。マリーアは可愛いだなんて言われたことがないが、それより、反り上がった彼の幹が下腹にぐりぐりと当たって、それが気になって仕方がなかった。

──そうだわ！

マリーアは、この大きな雄しべを脚の間に移せば邪魔にならないと思い、彼の竿《さお》を掴んだ。

「……あ」

──あ？

なんだか普段の『あ』と違って、セクシーな『あ』だった。

マリーアはもう一度聞きたくて、もう片方の手も竿に添えた。

「……くぅ」

今度は艶《つや》っぽい声である。

「……気持ちいいのね？」

「……ぁ……ああ……それはそうだろう？」

「そうなの？」

──そういえば、胸をむにむにと揉まれて気持ちよかったわ。

「じゃ、むにむにはどうかしら？」

「むにむに？」

何かに耐えるかのように彼が目を眇《すが》めている。

──今の表情、とてもかっこいいわ……。

マリーアは胸がきゅんきゅんし始め、彼の幹を両手でむにむにした。

すると、ジークがマリーアの手を掴んで雄しべから外し、苦しそうに細めた双眸を向けてくる。

「マリーア……知らず知らずに煽《あお》る天才だな」

「煽る？」

「だって最初もこれを触ってきて、欲しいって」

「そ、それは誤解……」

マリーアが恥ずかしくなって顔を熱くしていると、ジークが横向きのまま、彼の雄をマリーアの脚の間に、ぬるりと差し入れた。

「あっ」

マリーアは未知の感触に驚き、口を開けたまま、目をぎゅっと瞑る。

しかも、ジークが熱杭で、彼女の花弁をこすってくるではないか。

「ふぁっ……あっ……ジーク、これ……だ、め……」

「また、だめとか言って煽って……この娘《こ》は……」

ジークが竿を前後させながら、乳首をつまんでぎゅっと引っ張ってくる。

「あ、あおって……なんか……」

「あっあっ」

その少し乱暴な愛撫はマリーアに、思いもよらぬ快楽をもたらし、嬌声《きょうせい》が止まらなくなってしまう。

「もしかして優しくするより、こういうほうがいいんだ？」

ジークが、乳首をぐりぐりとねじっては、きゅっと引っ張る。

「ふぁ……あぁ……そんなこと……わからな……あ……ただ、変な感じ……でも、甘い……」

マリーアはジークにしがみつき、脚をすり合わせる。お互い裸身で汗をかいているので、脚までぬるぬると溶け合うようだ。快感を逃そうと脚を動かしたはずなのに、これでは、気持ちが昂《たかぶ》る一方である。

「……マリーア」

ジークが辛そうに彼女の名を呼んだと思ったら、彼の雄が脚の間から外れそうなくらいぎりぎりまで退き、尖端《せんたん》でマリーアのぴたりと閉じた花弁に分け入る。

「あぁ！」

マリーアはひと際高い声で喘《あえ》ぎ、太ももをぶるりと震わせた。

「マリーア」

切なげな掠れた声で名を呼ばれた。彼もまた限界に来ているのかもしれない。その証拠に乳首を引っ張ってもてあそぶ余裕がなくなったらしく、親指で乳首を弾《はじ》くように愛撫するだけになっている。だが、親指で押されるたびにえも言われぬ快楽がマリーアの全身を駆け巡った。

彼の切っ先が蜜源の浅瀬を塞いでくる。すると、蜜口が彼の雄を愛撫するかのようにひくひくと痙攣《けいれん》し始め、それが彼女の下肢に火を点けた。

「あ、あ、あ、あ……」

そんな音しか発せなくなったかのようにマリーアは口をぱくぱくと開け、涙ぐむことしかできない。

「マリーア、まだ達《い》ってはいけないよ。俺を置いていかないで」

そんな願いに答える余裕など残されていないところに、ジークが雄をぐぐっと彼女の隘路《あいろ》に押し込んでくる。その生々しい感触に、マリーアは蜜壁をひくつかせ、そのまま一人高みへと昇っていく。

――熱い……！

体中に、どんどん甘い痺れが広がっていく。昂りが頂点に達したあと、マリーアの体は急激に弛緩《しかん》した。

はぁ、はぁと肩で息をしながら、マリーアは瞼を半ば閉じ、呆然としてする。昂っては落ちる、そんな急降下を二回も繰り返し、もうへとへとである。

マリーアはそのまま目を閉じた。

どのくらい経ったのだろうか。目を覚ましたときには暗くなっていた。マリーアは背もたれのない布張りの長椅子に寝ころび、ブランケットを掛けられていた。応接間の長椅子を、ジークが移動させたのだろう。

――もう夜？

宮殿でも城でもなく、頼りない木造建築だというのに、心もとないことなど何もない。パチパチと薪が燃える優しい音と、その暖かな光、そしてその光が、薪ストーブの前で片膝を立てて座るジークを照らしていた。ジークは肩に上衣を掛けているだけで裸身だ。

彼の深い彫《ほり》が目もとに、高い鼻梁が頬に影を落とし、独特の雰囲気を醸《かも》し出している。

マリーアが見惚れていると、彼のきりっとした眉が困ったように下がり、形のいい唇が弧を描いた。

「マリーア、感じやすいんだね？」

彼が立ち上がって近づいてきた。

「え？　どういうこと？」

「だって、毎回、さっさと先に達《い》ってしまう」

マリーアは座面に手を突いて起き上がる。裸のままなので、慌ててブランケットを体の前で重ね合わせた。

「行く？　どこへ？」

「君だけの世界に行ってしまっただろう？　今度は二人で達《い》こう」

確かに二回ほど気持ちよくなりすぎたとき、意識がどこかへ飛んでいった。あのことを言っているのだろう。

「ジークといっしょに行くことができるなら、行ってみたいわ」

「また、そんなこと言われたら……俺、ますますマリーアに夢中になるだろうが」

ジークがマリーアの隣に座り、肩に手を回してきた。

マリーアは彼の厚い胸板に頬を預ける。公女だというのに、大帝国の皇子を拒絶して一人、ここまで馬で駆けてきた。

ディレクは急所を蹴られてまだ再起不能かもしれない。そもそも、なぜ彼はマリーアの部屋に入ってこられたのか。両親がぐるの可能性もある。皇太子からの音沙汰がなくなったので、皇太子は諦めて弟の皇子に的を絞ったのだろうか。

今後のことは全く見通しが立たないというのに、力強い彼の胸の鼓動を聞いていると、不安が霧散していく。

「マリーア、何を考えている？　もちろん、俺とのことだよな？」

思わずマリーアはクスッと笑ってしまう。

「ジークは自信家よね？」

ジークが片眉を上げて、不遜に見下ろしてくる。

「俺のことじゃなかったとでも？」

「あっ」

マリーアは、長椅子に押し倒され、羽織っていたブランケットが開《はだ》けた。

ジークが肩に掛けていた上衣を床に放ったので肌と肌が密着する。背もたれのない長椅子だが、幅が狭くてジークは体が入りきらず、片足を床に着けて自身の体を支えた。

乳房がジークの胸筋に圧《お》され、彼が少し動くだけで、乳首に甘い痺れが奔る。

「……あぁ」

マリーアはあえかな声を漏らし、彼の背に手を回してしがみついた。

「……小さい手……その手で俺をしっかり掴まえていてくれ」

ジークが上体を重ね合わせたまま、彼女の片膝を掴んで広げた。マリーアはぎゅっと目を瞑って「あっ」と身悶《みもだ》えたものの、両脚を広げた自身の淫らな格好が恥ずかしくなる。

「いや、こんな格好……」

「いやじゃないだろう？」

くちゅくちゅと、指で蜜源をいじられ、マリーアは首を傾げては甘い吐息を漏らした。

ジークが、マリーアの太ももを持ち上げ、自分の大腿をその下に潜り込ませるものだから、マリーアの片脚が宙に浮かんだ。これでは秘所が見えてしまうと焦ったが、すぐにそれどころではなくなる。秘裂に寄り添うように彼の湿った怒張が反り上がったのだ。

「あっ、ジーク……ふぁ……あっ」

マリーアは、秘所に当たる竿の感触に、ひくひくと下肢を痙攣《けいれん》させた。

真上にある彼の顔が薪ストーブの炎に照らされ、薄暗がりの中に浮かび上がっている。その瞳が切なげに細まった。

「こんなに濡らして……また俺を置いていく気だろう？」

ジークが尖端を中に挿《い》れることなく、秘裂から蜜芽にかけて、すりすりと剛直をこすりつけてきた。滴る雫のおかげで、その動きは滑らかだった。

「ジーク……あっ……そんな……ふぁ」

「……だから、俺はもう容赦しないよ？」

――え？

ジークが腰を退くと、切っ先で花弁をかき分け蜜口にぐっと押し入った。そのとき、乳首も

彼の胸板に擦られたものだからたまらない。

「あっ」

体中に快感がほとばしり、マリーアは体を浮かせる。

「……マリーア、ついに君をもらうよ」

ジークの熱杭が、未通の隘路を広げながら一気に奥まで駆け抜けていく。

「あっ……いっ……！」

下肢に痛みが奔り、マリーアは彼の背に回した自身の指にきゅっと力をこめた。爪を立ててしまったかもしれない。

「痛い？　でも、感じて……俺を……。俺たちはひとつになったんだ」

マリーアの中にある路《みち》が彼自身の形に変わって、ひくひくと痙攣して彼を歓迎している。お互いの背に手を回し、ひとつの塊《かたまり》にでもなったようだ。

マリーアは感動で痛みなどどうでもよくなった。

「マリーア、動くよ？」

ジークが腰を退き、再び奥まで貫いてくる。

脈打つ鈍痛にマリーアは「んぅ……」と、眉根にしわを寄せた。

すると、ジークが上体を少し起こして背を屈め、マリーアの顔を覗き込んでくる。

「平気？」

彼の心配そうな瞳に、マリーアは胸を鷲づかみにされた。

「ジーク、いいのよ……あなたの好きなようにして」

「マリーア……俺、マリーアの全身を舐めつくしたい」

ジークがマリーアの耳朶をしゃぶり、首筋に舌を這わせてくる。

「あ……ふぁ……」

彼はもうマリーアの反応を観察したりしない。ここが弱いとわかったうえでやっていて、実際、マリーアはまんまと全身を官能に包まれていた。

「でも、こうしたら、マリーアはまた、先に行ってしまうだろう？　だから……」

すでに奥まで達しているというのに、ジークが、さらにぐっと腰を押しつけ、体をぴったりと重ね合わせてきた。

「あっ」

再び退くと、ジークが抽挿《ちゅうそう》を始める。二人はじんわりと汗をかき始め、彼が前後に動くたびに、二人の体はぬるぬると溶け合っていく。

マリーアは、知らず知らずに、持ち上げられた太ももを彼の背にすりあわせていた。

「あっ……あ……ふぁ……んっ……あぁ……ジーク……」

奥まで穿《うが》たれるたびに、マリーアは甘い声を上げる。

「あぁ……マリーア……そんな声、聞かされたら……」

彼の抽挿のスピードが上がっていく。マリーアは恍惚《こうこつ》で目を細めた。

彼の動きが変わる。奥まで穿ったかと思うとそこで留まるようになった。何度か繰り返したのち、奥までがっと打ちつけると最奥で熱い飛沫《しぶき》を放つ。

「あ……ふぁ」

注がれた熱情を全て受け入れるかのように、マリーアは蜜道をひとしきり蠢動《しゅんどう》させると、やがて体中から力を失った。

「く……マリーア……そんな」

呻くような彼の声を耳にして、マリーアはふわふわと浮かんでいた。すると、胸のあたりがむずむずとしてくる。

マリーアが少し目を開けると、ジークの手に揉まれ、乳房が淫らに形を変えていた。マリーアは仰向《あおむ》けの彼の上に仰向けに横たわっていたのだ。

「ジーク？」

「ここ……やわらかくて気持ちいい」

「こんなの重いだけよ」

「重い？　そうか……本人にとっては……。でも、俺はすごく好きだよ」

ジークが上体を起こしたので、マリーアは彼の膝の上に座ることになった。背後のジークがマリーアの上体をずらして、顔を乗り出し、胸をまじまじと眺めてくる。

「恥ずかしいわ……」

マリーアは腕で両乳房を覆った。

「どうして？　こんなに美しい曲線がほかにある？　いつまでも見ていたいぐらいだよ？」

ジークに手を取られ、胸から外される。

「滑るときに重くて邪魔だとしか思ってなかったわ……」

「そ、そうか……そんなハンデを感じさせずに、あんなに華麗に跳ぶなんて……すごいな」

感心してもらえると思っていなかったので、マリーアは何か救われたような気持ちになった。

「……ジーク……大好き……」

唐突な愛の告白に、ジークが戸惑いながらも「もちろん、俺もだよ？」と言ってくる。

「ジークに気に入ってもらえたなら、大きくなってよかったかも……」

「うん、よかった！」

ジークに、屈託のない笑顔を向けられ、マリーアはうれしいやら照れくさいやらで視線をずらした。いつの間にか、脇の小さなテーブルにチーズとパンがあった。

「そうだ。お腹が減っただろう？」

ジークがその大きな手でパンを小さくちぎって、マリーアの口の中に入れてくれた。

パンもチーズも新鮮で素材も味もよかった。携行食ではない。

――どこから手に入れたのかしら？

マリーアが後ろを向くと、ジークがマリーアをじっと見つめている。恥ずかしいのでマリーアは前に向き直った。ゆっくりと咀嚼《そしやく》してから呑み込む。

「ジークは食べなくて平気なの？」

マリーアは斜め上を向く。

「俺は、マリーアしか食べたくないんだ」

ジークに真顔で言われ、マリーアはなんと答えたらいいのかわからず、顔を熱くすることしかできない。男性というのは女性と二人きりになると、こんなことを恥ずかしげもなく言えるようになるものだろうか。

「喉が渇いただろう？　ミルクをストーブで温めておいたんだ」

ジークがマリーアを一旦、膝から長椅子に下ろして薪ストーブのほうに行ったかと思うと、鉄製ポットの持ち手を布で包んでから陶磁器のカップにミルクを注いだ。

——本当になんて頼りになるのかしら。

マリーアは彼を見つめながら、長椅子の上でブランケットを羽織った。

ジークがカップを持って戻ってきて、マリーアと寄り添うように座る。

「熱いかな」

温度を確かめるために、ジークがカップに口をつけた。

「ちょうどいい温かさだ。口移しで飲ませてやる」

「え？」

キスと同じといえば同じだが、なんだか卑猥《ひわい》な感じがしてマリーアが戸惑っていると、彼がミルクを口に含み、唇を重ねてきた。マリーアのうなじを支えて、彼女の顔を上向かせる。口内にミルクが注がれる。温かな液体が喉から体内へ入っていくが、唇の端から一筋零《こぼ》れ落ちた。するとジークが顎から唇へと、べろりと舌を這わせてくる。

――さっきの食べるってこういうことかしら？

ジークが、脇の下を掴んで、マリーアの上体を彼のほうに向け、首筋から胸の谷間へと流れ落ちるミルクを、逆方向に舌を這わせて舐め上げていく。

「……あ」

マリーアはきゅっと目を閉じて声を漏らした。

「君が本当に舐めてほしいのはここだろう？」

べろりと乳暈を舐められていくうちに、下腹の中で官能が蠢き始め、淫らな熱に侵《おか》される。

すると、彼が乳房から顔を離し、マリーアを背もたれのない長椅子の上に仰向けに寝かせた。

彼は左右に脚を広げて長椅子の端に座り、マリーアの腰を引き寄せる。すると、すでに屹立している彼の雄が、花弁から蜜芽のあたりに蓋《ふた》をするように密着した。

「……ぁ」

それだけで、マリーアは脚をもぞもぞとさせてしまう。そうすると彼のたくましい大腿と擦れあって、それがまた下肢を熱くしていく。

「ふぁ……」

マリーアはふたつの乳房を彼の大きな手で鷲《わし》づかみにされた。始めは揉みしだかれていたが、やがて指間で乳首を挟まれる。

「ぁあっ！」

マリーアは不意打ちを食らい、腰を浮かせて小さく叫んでしまう。

「この頂は少し痛いぐらいがいいようだ」

そう言いながら、乳首を挟んだまま、胸を揉んでくるから、たまらない。

「ぁ……そこ……だめぇ……」

「そうだね。反応が可愛らしくていつまでもこうしていたくなってしまうが、得策ではない。あまりここばかり攻めると、マリーアが先に達《い》ってしまう」

ジークが苦笑した。

「それに、ここ以外の弱いところも探したい」

「……え、そ、そんなところが？」

「うん、耳、首筋……そして、ここはどう？」

ジークが下腹に指でゆっくりと円を描く。

「あっ、そこも……だめぇ……」

――な、なんでこんななんともないところが……？

「じゃあ、もっと下のほうに滑走しよう」

ジークが指を下げていくにつれて、マリーアを包むぞくぞくとした快感がますます高まっていく。指はマリーアの淡い茂みに入り、蜜芽まで這うと止まって、少し膨らんだそこを指先ですりすりと撫で始める。

「ジ、ジーク、もうだめ。きっと私、全身だめなの……！　ジークに触られたら、どこもかしこも気持ちよすぎておかしくなるんだわ」

マリーアが涙ながらに訴えると、ジークは中指を使って閉じた花弁をこじ開けた。

「あ……ジーク、そこは……一番だめ」

「全く、君は可愛すぎるよ」

ジークは指を鉤《かぎ》状にして、しばらく、くちゅくちゅと秘所をいじっていたが、マリーアがはぁはぁと胸を上下させ始めると、ちゅっと指を外した。いよいよだ。

ジークが花弁を指でめくると、一旦腰を退き、マリーアの蜜口に自身の尖端を咥《くわ》えさせる。

「……ジーク！」

マリーアが何かを掴みたくて手を伸ばすと、ジークがしっかりと手で握り返してくれた。彼の手は大きくて安心感がある。

「マリーア……痛くない？」

　じんじんとした痛みは残っているが、心配げに上から覗き込まれたら、マリーアは少々の痛みなどどうでもよくなってくる。

「少しだけ。だから……来て……ぁあ！」

　ジークが、がっと腰を突き上げてきた。マリーアは一気に奥まで抉《えぐ》られる。

「あっ！」

　彼がまたずるりと剛直を引きずり出す。まだ彼の形に変わることに慣れていない隘路だが、あふれる蜜に助けられ、彼の雄芯を再び滑らかに奥まで取り込んでいく。

　ジークが腰を穿つたびに手を引っぱるので、マリーアは後退することなく、中を彼でいっぱいにすることができた。

　はぁ、はぁ、はぁと、息を吐きながら、マリーアはジークの抽挿を受け止める、その吐息はいつしか嬌声へと変わっていく。

「あぁ……マリーア……君の中、ひくひくとして私を抱きしめてくれているようだ……」

　彼の一人称が俺でなくなっていたが、マリーアはそんなことに気づける状態にない。ただただ、自身の腹奥を愛しい男の性で満たし、寄せては返す悦楽の波に身を任せていた。

「……ふぁ……ぁ」

　やがて痛みを凌駕《りょうが》する快楽の奔流に呑み込まれそうになったとき、ジークが「待って」と、彼女の中で大きく震える。その快感はマリーアに伝播《でんぱ》し、やがて二人はともに絶頂を迎えた。

　マリーアがうとうとと官能の波に浸されているとき、ジークの囁きに耳をくすぐられる。

「マリーア、私は決めた。絶対に君と結婚して、毎日こうして睦《むつ》み合う。結婚しよう」

　彼の求婚に、マリーアの心は喜びで満ちたが、答えを口にすることはできなかった。


　だが、朝起きて、彼の幸せそうな寝顔を見ていると、そう単純に喜べない自分に気づいた。

　ジークは近衛騎兵の仕事を誇りに思っている。しかも皇太子を尊敬している様子だった。彼が結婚を決意できたのは、マリーアが、皇太子と第二皇子から求婚されている身だと知らないからだ。

　一介の近衛騎兵が、皇子が求婚している相手を奪うなんて可能だろうか。

　そのとき不倫を認めるディレクの言葉が脳裏に浮かんだ。

　——だめよ、そんな穢《きたな》いこと、ジークにさせるわけにはいかないわ。

　それよりも、もし第二皇子と結婚するようなことになったとしたら、ジークが尊敬している皇太子の敵の妻になるわけだ。

　そもそもマリーアは公女である。皇族王族以外だと、公爵以上の爵位を持つ者、またはその嫡男《ちゃくなん》としか結婚できない。

　マリーアはジークの寝顔に再び視線を落とす。長い漆黒の睫毛がまっすぐ伸びる瞼は安らかに閉じ、厚くもなく薄くもない唇がきりっと結ばれている。

マリーアはその唇に触れたくて手を伸ばすが、触れるか触れないかというところまできてから慌てて引っ込めた。

——どうしたらいいの？　私、ジークが愛おしくて仕方ないわ。

「マリーア……」

名前を呼ばれてどきっとしたが、寝言のようで、再び動かなくなった。

——彼が起きたら、本当のことを告げる？　私は公女だって。

マリーアはぶるぶると首を振った。

そんなことをして、ジークが主君とマリーアの間で葛藤《かっとう》するところを見たくない。

——いいえ、葛藤するぐらいならまだいいわ。

主君の花嫁候補に手を出した罪にさいなまれるかもしれない。そもそも、マリーアとジークの関係が父親である大公にばれたら、ジークは一体どんな目に遭うのか。

——お父様は今、私を探しているわ。

マリーアが思いつめてジークを見つめているというのに、彼の唇が弧を描いた。幸せな夢でも見ているのだろうか。

そのとき、マリーアの中で、彼にはずっと笑っていてほしいという気持ちが湧き上がった。

——早くここを離れなければ！

第五章　氷の殿下、追う！

ジークフリートは体を揺らされ、やっと目を覚ました。

「マリーア」

彼が抱き着いた相手は、クルトだった。

「なんでおまえがここに！」

自分から抱き着いておいてジークフリートが悪態をつくと、クルトが不服そうに半眼《はんがん》になる。

「殿下がこんなに深い眠りにつくなど珍しくていらっしゃいますね。マリーアが先ほど外出したので参上した次第です」

「マリーアが外出？」

朝起きたら、もう一回と思っていたので、ものすごい落胆とともに、ジークフリートは上体を起こした。

「マリーアはもしかしてもう休日が終わったのか？　それで二日連続で来なかったのかな。平民は貴族と違ってそんなに休めないのだろう？」

ジークフリートがシャツを羽織りながら問いかけると、クルトが唖然《あぜん》とした顔をしている。

「そういったこと、マリーアにお聞きにならなかったのですか？」

「ああ。それより舐めるのに忙しくて……」

——ほかにもいろんなところを舐めて、マリーアの弱いところを見つけたかったな。

とりあえず、乳首や秘所以外に耳と首筋と下腹が弱いことがわかったのは大きな成果だったといえよう。

——意外と背中もいけるのではないだろうか。

「殿下、テーブルに手紙のようなものがありますが？」

「そうか、よかった」

次の約束でも書いてあるのだろうと、ジークフリートが期待に胸をときめかせて手紙を開けると、びっくりするぐらいきれいな字でこう書いてあった。

『ジーク、私、あなたのことを本当に好きになってしまったみたいです』

——私と同じか……。

ジークフリートは心が温かくなる。しかも彼女が好きなのは、大帝国の皇太子ジークフリートではなく、近衛騎士のジークなのだ。彼そのものを愛してもらったような今までにない喜びを感じる。急ぎ、続きを目でたどった。

『だから、あなたにはずっと幸せでいてほしいという気持ちが強く湧き上がってきました』

——私もだよ、マリーア……。

『そうなると、ジーク、あなたは私と結婚してはいけません』

——ん？

ジークフリートは猛烈にいやな予感がしてきた。

『私といっしょになると、あなたは不幸になります。ですから、私のことは忘れてください。でも、私は一生、あなたのことを忘れません。愛しています。さようなら。マリーア』

ジークフリートは読み間違いかと思って読み返したが、同じことが書いてあった。

——愛しているけど、さようなら？

正直、意味がわからない。身分が低くて近衛騎兵とは釣り合わないと思ったのだろうか。はたまた借金のかたなど、のっぴきならない事情で婚約者と結婚することが決まっているのだろうか。

——いや、そんなわけはない。

彼女のこの字は高度な教育を受けていないと書けないし、経済的な余裕がないと、バレエを習ったり、スケートがあんなに上達したりすることはない。しかも、ここまで騎馬で来たと言っていた。自分の馬を持っているということだ——。

——待てよ。

騎馬ということは、馬車よりももっと速くここから離れられるということではないか。

「クルト！　マリーアがここを出たのはいつ頃だ？」

「十分くらい前でしょうか」

「彼女がどの方向に向かったかわかるか？」

「街のほうに下りて行きました」

ジークフリートは大急ぎでトラウザーズを穿《は》いてベルトを巻き、長椅子の下に隠していたサーベルと銃を取り出して腰に提《さ》げた。

「近衛兵を呼んで、あたり一帯を探せ！」

「え、近衛兵がマリーアを、ですか？」

「当たり前だ！」

そう断言しつつも、クルトが戸惑っているわけはジークフリートにもわかっていた。今までジークフリートは私的なことで近衛兵を使ったことなどなかった。というか、そもそも彼に私的なことなどなかった。

クルトは、皇太子が平民の女に入れあげていると思っていることだろう。だが、クルトや近衛兵にどう思われてもかまわない。今のジークフリートが何よりも恐れていることは、二度とマリーアに会えないこと、ただそれだけだった——。

ジークフリートは馬に跨り、街に向かう道を駆けていく。近衛兵とクルトがそれに続いた。

マリーアはというと、馬で少し行ったところで、探しに来たカロリーネに見つかり、馬車に乗せられていた。一旦、伯母のいるシッテンヘルム城に身を預けることになる。

カロリーネによると、ディレクはマリーアの手紙を偽造して部屋の中に入ったそうだ。

大国の皇子がそんなまねをするとは信じられないと、大公夫妻も近衛隊長も呆れかえっていたという。

だが、ディレクはしらばくれていたそうだ。初犯ではないのだろう。

「大公殿下は、こんな姑息《こそく》な皇子にマリーアはやれないとお怒りで、こうなったら何が何でも皇太子との縁談を進めると息巻いていらっしゃいました」

くらっとマリーアは眩暈《めまい》がするかと思った。

――そう来たか。

弟の人格に問題があるなら、兄にも問題があるとは考えないものだろうか。

「どのみち、もう処女じゃないから、誰にも嫁《とつ》げないわ」

カロリーネが急に立ち上がり、剣に手をかけた。

「あ、あのエロ騎士ぃ！　いつの間に‼」

「ちょ、ちょっとやめてよ。私が頼んだの。ディレクに触られたのが気持ち悪くて、だからせめて好きな人とって……」

「す・き!?」

目の玉が零れ落ちるのではないかというぐらい、カロリーネが目を見開いている。

「でも、もう会わないわ」

「あ、あ、会わないって……もし妊娠していたら？」

「た、確かに」

雄しべの花粉が雌しべにつけば受粉、結実と修道女が言っていた。

「妊娠しているほうがいいわ。そうしたらお嫁に行かずに済むもの」

マリーアは下腹に手を置き、目を瞑る。まだ腹の奥に彼がいるようだ。このまま実を結んで、故郷でこっそり彼の子を育てるのもいいかもしれない。

——ジークの面影があると素敵ね。

「ちょ、ちょっと。マリーア様はこの世を照らす公女様なのに……！　あの男〜！　ゆ・る・す・ま・じ！」

カロリーネの目が吊り上がっていて怖い。

「オーバーね。たまたま大公の娘に生まれただけじゃない。このことは二人だけの秘密よ？」

「マ、マリーア様……そんなただの女に成り下がったようなことを……おいたわしい〜！」

両目を手で覆い、カロリーネが嘆いている。マリーアを大事に思って同情してくれるのはいいが、マリーアはただの女だし、自分で決めたことなので、可哀そうだなんて思われたくなかった。

——でも……それならこの胸の痛みは……何？

会わないと自ら決めたくせに、今後ジークと会えないという現実にマリーアは押しつぶされそうになっていた。

——いつか時が経てばそんなこともなくなるのかしら……。


一方、ジークフリートは街中を捜索したのに、マリーアの手がかりを掴めないでいた。

——マリーア、君はやはり妖精か何かだったんだろうか……。

そう思わないと納得できないくらい、誰もが、そんな女性を見かけたことがないと言う。範囲を広げて二日間、ジークフリートは捜索を続けたがなんの手がかりもなかった。だが、二日後の夜、皇宮で舞踏会があるので、仕方なく騎馬で帝都へと戻った。皇太子が欠席するとなると大ごとだ。

オーレンドルフ帝国内一、大きく豪華な舞踏広間で宮廷舞踏会が開かれている。夜だというのに、巨大シャンデリアの灯《あか》りのもと、楽団が曲を奏で、紳士淑女たちの笑い声がこだまする。

ジークフリートは皇帝が登場する前に、なんとか舞踏広間にたどり着くことができた。

「これはこれは皇太子殿下、ご機嫌麗しゅう」

狡猾《こうかつ》そうに目を細め、薄い唇の端を上げて覗き込むように見上げてくる顎髭男は、公妾アマーリエの兄バルナバスで、子爵という低い身分にかかわらず、先月、大臣に任命された。

――初《しょ》っ端《ぱな》から一番会いたくない男と会ってしまった。

「これはキュンツェル子爵、大臣就任、おめでとう」

「ありがとうございます。今まで各国の法律について勉強してきた成果が活《い》かせるときが来て武者震《むしゃぶる》いしております」

――各国の法律？　各国の女の間違いだろう。

自ずとジークフリートの口に皮肉な笑みが浮かんだ。

バルナバスは、女遊びが盛んで、こつこつ勉強するタイプではなかった。彼の実妹が皇帝の寵愛を受けている、ただそれだけで出世したのだ。ジークフリートは父親のこういうだらしないところが好きになれなかった。大臣はその手腕で選ぶべきで、公私混同も甚《はなは》だしい。

「活躍を楽しみにしているよ。では、失礼」

ジークフリートは片手を少し上げ、バルナバスに背を向けて再び歩き始める。するとジークフリートの周りにも人だかりができた。多くは、うら若き淑女とその後見人である。

皇族として、ジークフリートは有力な貴族を味方につけておかないといけない。だから、その娘や姪《めい》を紹介されれば踊らざるを得ない。

ジークフリートは淑女の手を取り、ダンスの輪の中に入る。向き合ってポーズを決めれば、淑女は頬を赤らめて彼を見上げる。可愛らしい所作といえばそうだ。

ジークフリートは楽団の曲に合わせてステップを踏む。地上でのダンスは、まるで疾走感がない。人魚が足を得たとき、こんな気持ちではなかったのか。

――いや、違う。

池のほとりの小屋でマリーアと踊ったときは地上だというのに心が高まった。

今、彼の目の前にいる女の目的は、皇太子の愛妾になることだ。将来の皇帝の寵姫《ちょうき》となれば、キュンツェル子爵家のように実家が取り立てられる。そうだ。貴族であるこの娘なら、ジークフリートがその気になればすぐにでも愛妾にできる。

平民であるマリーアだと、そうはいかない。愛妾にすることすらかなりの困難が伴うだろう。なんとか愛妾にしてここに連れて来たとしても、貴族たちから白い目で見られるに違いない。

マリーアが貴族たちに蔑まれているところを想像して、ジークフリートはぞっとした。

――くだらない！

貴族社会というのはなんてくだらない世界なのだろう。そしてその狭い世界の中で、ジークフリートは皇太子として生きていくことを運命づけられている。

――なんてつまらない人生！

ジークフリートは自分の生活がつまらないとか楽しいとか今まで考えたこともなかった。皇太子として認められるために、公女を娶って皇帝となり、民衆だけでなく貴族たちの上に君臨するためだけに生きてきた。

そのとき歓声が上がった。皇帝が現れたのだ。楽団の演奏が一旦終わり、ダンスも中止になる。ジークフリートはステップを踏むのをやめた。彼女に形だけの笑みを向けて手を繋ぎ、後見人である侯爵のもとへと連れていった。

楽団が皇帝登場に合わせて勇ましい楽曲を奏で始める。

皇族専用の豪奢な扉から現れたのは、ジークフリートの父、オーレンドルフ帝国皇帝ラングハイン七世。皇后が亡くなって以来、皇帝の隣に寄り添うのは愛妾から公妾に格上げとなったアマーリエだ。今ではアマーリエが皇后きどりである。

皇帝がいつもの挨拶を始める。寒い中よくぞ集まってくれたというねぎらいの言葉、今日社交界デビューする懇意《こんい》にしている伯爵家の嫡男のことについてなど、どうでもいい内容だ。

皇帝の横に立つアマーリエにディレクが近寄っていき、何やら耳打ちしている。するとアマーリエがほくそ笑み、少し離れたところに立つジークフリートを一瞥してきた。

ジークフリートはいやな予感がしたが、近くにいる給仕から白ワインを受け取り、一気に飲み干した。皇帝がしゃべっているときは直立不動で聞くべきだが、マリーアに会えなくて、ジークフリートはもう何もかもがどうでもよくなっていた。

「皆の者、ここでディレクから発表があるそうだ」

公女と婚約でも取りつけたのだろうか。そうしたら、公女と結婚しなくて済むのでありがたい限りだ。

　ディレクが母アマーリエより一歩前に出た。

「皆様のお力を借りたいことがございます。実は異母兄のジークフリートが平民の女に執心しておりまして、私が止めても彼女と結婚すると言って聞きません。皇帝陛下、そして皆様のお力で兄を正気に戻していただけませんでしょうか」

　もちろん、ジークフリートはマリーアのことをディレクに言ったことはないし、ディレクから止められたこともない。

　――どこから漏れた？

　手紙を偽造してジークフリートを襲おうとするくらいだから、池で見かけたのだろう。

　――ディレクめ！

　彼はいつも狂言で、ジークフリートを悪役に仕立てようとしてきた。

　父親である皇帝の視線がジークフリートを捕らえた。

「ジーク、おまえとしたことが、そんなこと、あり得るのか？　おまえが平民の女に入れあげているとでもいうのか？」

　父親が怪訝そうに眉をひそめ、手を揺らして近くに来るよう指図してきた。この父親の様子からして、幸いなことに、舞踏会で告発するのはディレクの独断のようだ。

　ジークフリートは嘆息して、アマーリエと反対側の、皇帝の横についた。

「父上……ディレクに言ったことも、止められたこともありませんが、私が平民の女を愛しているのは本当です。結婚相手は彼女以外、考えられません」

皇帝が、見たことのないものを見たかのように刮目した。

いつしか舞踏広間は静まりかえっていた。今までなんでも完璧にこなしてきた氷の殿下がよりによって、皇位継承権を放棄するようなことを認めたのだ。

皇帝や国王が国民の上に君臨できるのは、あくまで民衆の血が入っていないからである。だからこそ、支配層同士での婚姻を繰り返してきた。

皇帝は、はーっと深い溜息をついた。

「少しくらい後ろ暗そうに言ったらどうだ?」

「お言葉を返すようで恐縮ですが、父上とて、アマーリエ様を妻のように扱われているではありませんか」

ディレクが不愉快そうに口を挟んでくる。

「失敬な。私の母は平民なんかじゃない」

――くだらない。支配層ではないという点では下位の貴族も平民も同じではないか。

二人の息子に注視される中、皇帝はふっと小さく笑う。

「まさか、公女の息子がそんなことを言い出すとはな」

ジークフリートはにこりともせず、こう答える。

「自分でも驚きでした。彼女に出会って初めてジークフリートとしての人生があることに気づいたのです」

「それはつまり、皇太子の座を捨てる覚悟ができているということか？」

「私は今まで皇太子として生きてきました。軍でも、政治でも、外交でも、これからやりたいことがたくさんあります。ですが、どうやら私は父上のように公女を娶って好きな女性を愛妾にだなんて器用なことができる人間ではないようです」

皇帝はそれに対して喜びも落胆も示さず、ただ、じっとジークフリートの目を見つめていた。

「おまえはまだ若い。のぼせているだけだ。だが、一度だけ挽回《ばんかい》のチャンスをやろう」

皇帝は顔を上げて楽団のほうを見やり、片手を挙げた。トランペット奏者がファンファーレを吹き鳴らすと、皇帝は威厳をもって皆を見下ろす。

「ここにいる者たちに証人となってもらおう。ジークフリートは皇位継承権第一位の座を守りたくば、公女を娶らなければならない。いや、こうしよう。ジークフリートとディレク、公女を娶ったほうに次期皇帝の座を与えようぞ！」

貴族たちから驚きの声が上がった。その声は非難の声が多かった。喜ぶのはキュンツェル子爵一族と彼らと懇意にしている貴族たちだけだ。ことほどさように公女以外から生まれた皇子に皇位を与えることは問題を孕《はら》んでいた。

だが、ディレクの瞳がいつになく野心的に光っている。

本来のジークフリートなら皇帝の目的がどちらにあるのか、すなわち、可愛いディレクに皇位を与える絶好のチャンスととらえたのか、それともジークフリートに危機感を与え、公女を娶らせて地位を盤石《ばんじゃく》にさせようとしているのか、どちらなのか見極めようと動くところだ。

だが、ジークフリートはむしろ皇位継承から外れることに喜びさえ見い出す始末だった。


ジークフリートは舞踏会のあと、皇帝に呼ばれた。

叱責される覚悟をして、ジークフリートは皇帝の居室に入り、応接室で長椅子に座って父親と向き合った。すると皇帝が片方の口角を上げた。

「まさか、おまえが平民の女に入れあげるとはな……」

ジークフリートは、マリーアを『平民の女』と一括《ひとくく》りにされることに違和感を覚えながらも、率直な気持ちを述べる。

「陛下は私をよく堅物だとおっしゃいました。自分でもこんな面があったなんて驚きです」

「いや、いよいよ堅物だ。ディレクならば平民の女とは遊びで済ませるところだろう」

――ディレクならば……。

ジークフリートの心が少し軋《きし》んだ。愛情の中で生まれた弟より何事においても秀でている自信があるし、公女の息子として秀でていなければならなかった。それなのに、いつもディレクが可愛がられた。

「父上も公女を娶り、お好きな女性を愛妾にされました」

結局、父や弟のような器用さがないジークフリートは皇位にふさわしくないのかもしれない。

「そうだ。余も若いころ、アマーリエを皇太子妃にしたいと思ったこともあった」

皇帝が昔を思い出すかのように目を瞑った。

――やはりそうか。

きっとこれは皇位継承権を持つものが越えないといけない壁なのだ。

「父上、母とは政略結婚ですが、母はちゃんと跡継ぎである私を生みました。父上は、母のことをどのように思われていたのですか？」

今までずっと聞けなかったことを、ジークフリートは思い切って聞いてみた。母を失い、皇位継承権をも失いつつある今だからこそ聞けたともいえる。

皇帝がゆっくりと目を開けた。

「……おまえからしたら、余はおまえの母、ヴィルヘルミーナに対して不実な男に見えただろう。いや、実際そうだった。だが、余は余なりにヴィルヘルミーナを愛していた。ただ、それが恋ではなかっただけだ。彼女は教養があり、責任感のある、尊敬すべき女だった。だから、おまえがこんなに実《じつ》のある男に育ったんだろう？」

ジークフリートは、父が母を嫌っていたと思っていたので、不意打ちを食らった形になる。

喉元まで熱いものが込み上げてくる中、声を絞り出した。

「父上……私たちのことをそんなふうに……」

「ただ、帝王教育にのめり込みすぎて、近寄り難かったな。おまえはよく耐えた。まあ、余がほかの女に子を作らせたせいで、そうなってしまったのだろうが……」

皇帝がそう言って困ったように微笑んだ。ジークフリートは今にも涙が零れそうになったが、なんとか口角を上げた。自分に興味がないと思っていた父親は意外にも息子の心中を察してくれていたのだ。

「……母は父上の心をわかっていたのでしょうか」

「死の間際で伝えることができた。皇后の公務も、皇太子の教育もよくこなしてくれたと――。伝えられてよかった」

「そう、そうですか。母は父上のお気持ちをわかったうえでこの世を去ったのですね……。それなら……よかったです……」

ジークフリートは自分でも驚いたことに声を詰まらせてしまう。このとき、ようやく心から母の死を悼むことができ、自分を縛っていた鎖から解き放たれたように思った。

「だから、ジークフリート、強情を張らず、公女を娶るんだ」

ジークフリートは目を瞑る。頭に浮かぶのは、ともに踊ったときのマリーアの笑顔だ。

――彼女を諦めることだけはできない！

「今の私にはそれはできません。以前は、好きでもない公女を娶って一生愛しているふりをしようと決めておりました」

ジークフリートが目を開けると、皇帝が鼻で笑った。

「ふりか。余にはできなかった技だが、おまえらしい決意だ。だが、そのおまえがここまで入れあげるなんてな。……その平民の女に会ってみたいものだ」

「それが……今、行方不明なのです」

「は？　行方不明」

「ええ。今、捜索中です」

皇帝が珍しく声を上げて笑った。

「一生探すつもりか？　やはり、おまえは女を知らないだけだ。初めて惚れた女が行方不明なら、ほかの女とも寝てみたらいい」

「ですが、試しに寝ただけの女が子を産むとややこしいことになりませんか？」

「そうだ。それが皇位だ。おまえはよくわかっている。余があちこちに女を作らない理由はそこにある。個人的な欲望に流されないおまえにこそ跡を継がせたいものだ」

「もったいないお言葉、ありがとうございます」

「それなのに、その平民の女はおまえを狂わせた。何がほかの女と違うというのだ。いや、ただの女をほかの女と違うと思い込むことこそが恋だ。だが、それは一生続かない。余自身、今もアマーリエに恋しているかと聞かれたら、即答できない。ジーク、公女を娶れ。余は皇帝だ。おまえが平民と結婚するなら皇位継承権から外さざるを得ない。わかっているんだろう？」

「父上……！　それでしたら私をただの軍人にしてください」

「いいのか、ディレクに一番危険な戦場に送られても知らないぞ」

「それこそ本望です。ほかの者を危険なところにやるぐらいなら私が行って勝利を収めて参りましょう！」

皇帝は黄金の肘掛けに肘を突き、はーっと長い溜息をついた。

「我が息子ときたら、全く惜しいことだ……」

評価と失望の入り混じった溜息を聞き、ジークフリートが押し黙っていると、皇帝が上目遣いで見てくる。

「ジーク、かっこいいことを言っているが、結局、その平民にふられたんだろう？」

痛いところを突かれた。

「違います。彼女には何か事情が……」

皇帝が顔を上げてハハッと乾いた笑いを浮かべる。

「おまえは、仕事はできるのに恋となると急に少年のようになるな。いや、少年みたいなものか。その平民の居場所を一生かけて探すわけにもいくまい、公女と会うだけでも会え」

「会ったら公女が私に惚れて、いよいよ断るのが大変になるのでやめておきます」

ジークフリートが真顔で応えると、皇帝が両眉を上げた。

「その自信、余は嫌いじゃないぞ、ジーク」

――本当のことだ。

それよりマリーアの捜索のほうが先だ。

皇帝が立ち上がり、ジークフリートに近寄ってくる。

「母親を亡くしたばかりで、おまえは今、精神が不安定なんだ」

皇帝に軽く肩をたたかれ、ジークフリートも立ち上がった。

「不安定？　とんでもありません。私は愛を知ってさらに強くなりました」

皇帝がフフッと、可笑《おか》しげに笑う。

「そういうことを恥ずかしげもなく言うなんて、おまえ、変わったな。だが、そのせいで、おまえはディレクに皇位を捕られかねないへまをしてしまっている。ディレクは可愛いが、あいつが継げば、子爵家がこの国を牛耳《ぎゅうじ》ることになる。おまえが公女と結婚すれば全て丸く収まるのだ。この国のためを思うなら、一度会ってみろ」

皇帝はディレクの父である前に、やはり皇帝であった。

ジークフリートは密かに安堵するが、その気持ちに応えられないのが心底残念である。やっと父親と心が通じたと思ったのに、父親を裏切らなければならないのだ。

「父上、おっしゃる通りです。ですが、今の私には、それだけはできそうにないのです」

——そうだ。こうなったら、もう何も恐れる必要はない。

ジークフリートは胸元から一枚の紙を取り出す。

「父上、この手紙を書いていませんよね？」

「ああ。このサインは違うだろう？」

「ええ。ですが、この手紙を信じたふりをして宮殿に向けて私の馬車を出したところ、馬車が奇襲されました。父上、いいのですか？　そんな兄を狙うような男を、公女を娶ったからといって、皇帝の座に即《つ》けて？」

皇帝が顔をしかめた。

「……だが……これが、ディレクという証拠はないだろう？」

想定内の答えだが、少し落胆しながらジークフリートは答えた。

「……そうですね。捕らえた男たちは金銭で雇われた者で……首謀者《しゅぼうしゃ》は特定できておりません」

——それなら証拠を突き出すまでだ！

彼の瞳はまだ諦観《ていかん》をまとっていなかった。

第六章　混線した恋の糸を紐解《ひもと》いて

「マリーア、大変だ」

トロムリッツ公爵パルドゥルが帝都からシッテンヘルム城へ帰るなり、マリーアの居室を訪れ、開口一番こう告げてきた。彼は大変だと言っているわりに表情が明るかった。

「まあ、パルドゥルお兄様、今お帰りになったばかりだというのに、一体何が……!?」

ちょうど午後のお茶にしようと思っていたので、マリーアはパルドゥルを招き入れる。

「マリーア、昨晩、皇宮の舞踏会で、皇帝が皇子二人に、公女を娶ったほうを皇帝にするって宣言したんだ！」

マリーアは意味がわからず、顔を引きつらせた。

「……公女って、私のこと？」

「今の時点ではそうだ」

適齢期の公女はマリーアしかいない。

「皇位継承順位は決まっているのではありませんの？」

「そのはずだったのに、やはり、公妾の息子のディレクにチャンスをやりたくなったんじゃないか？　反キュンツェル子爵派はみんな不満を漏らしていたが、私としてはマリーアが選んだほうの皇子を支持するつもりだよ」

トロムリッツ公爵家はもともと皇族の血が流れていて、パルドゥルの母ローザリンデのミヒャルケ公国の血筋のほうでも皇家との結びつきを強めたら、お家《いえ》がますます安泰というわけだ。

パルドゥルが機嫌よく椅子に腰かけたので、マリーアもお向かいの椅子に座った。

「皇帝陛下が公女の息子をないがしろにしているということでしょう？　それなら公女ではなく最初から自国の貴族女性を娶ればいいのですわ」

「マリーア、逆だよ。オーレンドルフ帝国にとってミヒャルケ公国がそれだけ大事な存在ということさ」

パルドゥルがそう言ってから目の前に出された紅茶を一気に飲み干す。

「私に息子が生まれたら、こんなふうに愛人の息子にないがしろにされるのかしら」

「マリーアなら長生きするから大丈夫だよ！」

そういえば、皇后は最近亡くなっているのだった。

「さあ、どちらが先にこの城を訪れるのかな」

パルドゥルの浮き浮きした様子に、マリーアは猛烈にいやな予感がした。

「どうして私がここにいるというのがばれているのです？」

「どこにいるかを皇帝陛下に聞かれて、私が教えてさしあげたからさ。皇子二人が飛んでくるんじゃないかな」

怒りで震えるマリーアを見て見ぬふりをして、パルドゥルは立ちあがって周りを見回し、両腕を広げた。

「さあ、みんな、皇族方がいらっしゃるぞ！　最高のおもてなしを！」

——私が両方とも選ばないってことは考えないわけ⁉

「……私、ミヒャルケ公国に帰ります」

マリーアが立ち上がると、パルドゥルがすかさずやって来て、肩を掴まれた。

「ちょっと待て。大事なのでもう一度言うが、皇帝陛下に聞かれて、公爵であるこの私が、マリーアがここにいると答えたのだ」

パルドゥルがにっこりと形ばかりの笑みを浮かべた。

マリーアは半眼を向ける。

「パルドゥルお兄様ったら、すっかり穢《きたな》い大人になりになったこと」

「トロムリッツ公爵家の繁栄のためだよ、もちろん協力してくれるよな？」

笑顔を保ちつつ、パルドゥルの目は必死だった。

「……会ってお断りすると、没落しそうですけど、パルドゥルお兄様、覚悟はおありかしら？」

「お手柔らかに頼むよ〜」

神様に祈るように、パルドゥルが指と指を組み合わせている。

「会うだけですよ？」

パルドゥルがぶるんぶるんと首を縦に振った。

そもそも非童貞……ではなくて非処女が皇室に嫁いで、それがばれたらどうなるのか。

マリーアはぶるるっと恐怖で震え、どうにかして皇子二人との縁談をなんとか穏便に拒否できないものかと思案を巡らした。

夕方になると早速、第二皇子ディレクが訪問するという先触れが届き、伯母のローザリンデが心配してやってきた。

マリーアは皇子との晩餐に備えて侍女たちに髪の毛を飾り立てられているところだったので、鏡の前にもう一脚椅子が置かれ、ローザリンデが隣に腰かけた。

「マリーア、ごめんなさいね。父親になってからというもの、あの子はこの公爵家の繁栄のことばかり考えていて……」

「当然ですわ。パルドゥルお兄様はオーレンドルフ帝国の公爵閣下なのですもの。皇族との関係は大事ですわよね」

そんな言葉が口を衝《つ》いて、縁談をつぶそうとしている自分が悪人のように思えてくる。

「でもね。本当にいやな相手なら、無理して結婚しなくてもいいのよ」

マリーアの片手に、ローザリンデの手が重ねられた。

「伯母様……」

優しい言葉にマリーアは涙が零れそうになる。

「オーレンドルフ帝国の援助なしでも、ミヒャルケ公国はやっていけるもの」

さすが、ミヒャルケ公国の元公女である。だが、こんな優しい言葉を掛けられると、ますます、自分のわがままを通すことがはばかられるというものだ。

――せめて、私がこの公爵家に災《わざわ》いをもたらしたりしませんように！

やがて、ディレク到着の報《しら》せが届き、マリーアは必要以上に緊張している自分に驚く。自分を襲おうとしたディレクに会うのが怖いのではない。ディレクが連れてくる近衛騎兵の中にジークがいたら……と思うと、居ても立ってもいられないような気持ちになるのだ。

――もし、ジークを見かけても、私、他人のふりができる？

正直、自信がない。マリーアが不安を隠して公爵一家とともにエントランスホールに下りると、車回しに見覚えのある黄金の馬車が停めてあった。

馬車の扉が開き、現れたディレクの顔を目にしてマリーアは唇を舐められたときの感触を思い出し、ぞわっと悪寒を感じる。

ディレクがトロムリッツ公爵とその母であるローザリンデに会釈をすると、マリーアの前まで来て手を取り、手の甲にくちづけてくる。

マリーアは、このときほど長手袋のありがたさを感じたことはない。

「先日は驚かせてしまって申し訳ありません」

――はあ？　驚くとかそういうレベルの問題じゃないでしょう⁉

そんな心の叫びを胸の中に押しとどめ、厭味《いやみ》ったらしくこう言った。

「驚きというよりも、私、生命の危機を感じましたわぁ」

「怖がらせてしまったのなら、謝ります」

――怖がらせてしまったのなら……ですって⁉

怖がらせるようなことをしておいて、この言い草である。マリーアは、やはりこの男は無理だと思い知る。

「私、好きな方がいますの」

口にしたことで急にジークのことが意識され、マリーアの視線は自然と近衛騎兵たちのほうに向く。が、そこにはジークはいなかった。

「へえ、どなたです？」

「以前ご推察されていた通り、平民ですわ。でも明かしたら危害を加えられそうだから言いません。とにかく私、皇族や貴族に惹かれない変わり者なのです。ですからあなたのお兄様を選ぶことはありませんわ。私を賭けの対象から外してほしいんですの」

「賭け？　父が言ったことをそのようにとらえてらっしゃるのですね。公女殿下の誇りを傷つけたのなら謝ります」

——それより夜這《よば》いのほうが傷つける行為でしょうが！

マリーアが内心いきり立っているのを知ってか知らずかディレクが耳元に顔を近づけてきた。

「だから、不倫していいって言っただろう？」

——本当に、この男、清々《すがすが》しいほどに悪人だわ……。

マリーアがうんざりして視線をずらすと、馬車の向こうに隠れていた近衛騎兵がちょうど馬から降りているところだった。あの黒髪の長身には見覚えがある。

——ジーク！

マリーアは心で叫んだ。今すぐにでも駆け寄って抱き着くことができたら、どんなにいいか。だが、そうしたら、ジークは近衛騎兵の地位をはく奪されるかもしれない。いや、マリーアの処女を奪ったことがばれたら、命さえ危うくなるだろう。

地面に降り立ったジークがこちらを向く。

……ジークとは違う顔だった！　背格好が似ているだけだ。

マリーアは体中から力が抜けて倒れ込みそうになった。が、ディレクに勘づかれてはいけないと、さりげなく近くの円柱に寄りかかって身を支えた。

ここでマリーアは、あることに気づく。

——ジークを好きだからこそ、皇子とは絶対に結婚してはいけないんだわ！

でないと、近衛騎兵のジークを目の前にして募《つの》る恋心を隠せず、ジークに迷惑をかけるのは火を見るより明らかだ。

――ジークの幸せのために、なんとしてでも皇子の求婚をかわさないと！

ディレクがシッテンヘルム城を訪問して二日経ったというのに、その兄、皇太子ジークフリートは依然として公女に会いに行くこともなく、帝国軍宿舎内にある談話室という名の居酒屋で、十数名の佐官《さかん》たちと酒を酌《く》み交わしていた。

彼の隣に座っているクルトは、中佐の階級章を肩につけた軍服を着用している。これが本来の姿だ。そして大きな木製のテーブルには飲み終わった酒瓶が十何本も転がっていた。

元々、ジークフリートは皇宮よりもここで寝泊まりすることを好んでいた。

「ディレク様は早速シッテンヘルム城にいる公女にお会いに行かれたそうですよ」

クルトの報告で、ジークフリートの興味を引く単語といったら『シッテンヘルム城』ぐらいだ。

――城で働いていると言っていたのに、マリーアときたら……。

今ごろどこで何をしているのだろうか。

――元気だといいのだが……。

近衛兵に池を張らせているが、マリーアもカロリーネも現れていないとの報告を受けたばかりだ。

「殿下、公女に会いに行かれなくて本当にいいのですか？　金髪の美人だそうですよ？」

クルトはディレクが皇帝になるのだけは避けたいらしく、舞踏会のときからずっとこんなことばかり言ってくる。

「一回会いに行っただろう？」

「またそんなことを！　公女は殿下のお顔をまだご覧になっていません。きっとずっと、シッテンヘルム城にいらしたんですよ！」

「つまり、私とは縁がなかったということだ」

ジークフリートはワイングラスを傾け、一気に飲み干す。

諜報《ちょうほう》活動を担当する大佐ライムントが含み笑いでジークフリートに、こう告げる。

「近衛兵から入手した情報によると、ディレク様は一週間ほど前にミヒャルケ公国に求婚しに行ってすでに嫌われているにもかかわらず、今、シッテンヘルム城に押しかけているそうです。公女殿下の反応は芳《かんば》しくないとか。きっと皇太子殿下の登場をお待ちなんですよ！」

それを耳にして、クルトの表情がゆるんだ。

「ディレク様が相手にされないなら、殿下の皇位継承権は一位のままですね」

ライムントが「いわば不戦勝だ！」と、杯《さかずき》を掲げる。

ジークフリートは酔いもあって、フッと鼻で笑った。

「ミヒャルケの公女とうまくいかなければ、次の勝負は現在十歳のキーヴィッツ公国の公女になるな。こちらも私はごめんだ」

それを聞いて、ライムントが苦笑している。

「ディレク様ならやりかねませんね。というもの、公女殿下は平民の男性のほうが好みだとか言って、ディレク様を袖にしているらしいんですよ。ミヒャルケの公女殿下が平民と駆け落ちでもしたら、ディレク様はすぐにでもキーヴィッツ公国に求婚に行かれるでしょう」

帝国軍で、ディレクの評判はとことん悪いのだ。

「とはいえ、私にミヒャルケの公女を取られるのだけは避けたいだろうから、ディレクはシッテンヘルム城を離れられないだろう？　つまり、私が公女に会いに行かないほうが、ディレクを生殺しにできるということだ」

片方の口角を上げてジークフリートがそう言うと、どっと笑いが起こった。

ジークフリートは皇太子という地位にもかかわらず、ほかの軍人と同じ訓練を受け、軍宿舎に泊まって交流している。軍事を何も解さぬディレクでなく、ジークフリートになんとか皇位に即いてほしいというのがオーレンドルフ帝国軍の総意だ。

そんな皆の気持ちを考えると、ジークフリートは個人的な恋情など捨てて、シッテンヘルム城に公女を口説《くど》きにいくべきだと思う。そもそも、もう一度会えるかどうかわからない女に操《みさお》を立てている自分が道化のように感じられる。

――いっそ会わなければよかった……。

そのとき、三回転したあとうれしそうに笑うマリーアの顔が浮かんできた。

『ジーク、やったわ！　気持ちよかった』

次に脳裏を甘く掠めたのが、池のほとりの休憩所で頬を赤らめて身を寄せて来たマリーアだ。

『ジーク、お願い、もう一度キスして』

彼女との思い出が次々と浮かんでくる。

――いや、会えてよかった。

ジークフリートは即座に思い直した。

――マリーアは私が皇太子だとも知らずに、ただの騎士である私を……。

そこまで考えて、ジークフリートは急にあることが引っかかった。

「話は戻るが、公女は平民の男が好きだって？」

斜め向かいに座るライムントがジークフリートのほうに体を向ける。

「ええ。内偵させている近衛兵によると、公女殿下がディレク様にきっぱりとそう告げたそうです。まあ、断るための方便でしょうがね」

「公女の名前はマリーアだったよな？」

「そうですね。よくある名前です。私の姉もマリーアですよ」

だから、ジークフリートは名前のことなど気にもかけなかった。

――マリーア……まさか君が⁉

そう考えると全て納得がいく。侍女にしては教養が高く、バレエの素養があり、働きもせずに池でスケートを楽しんでいた。そして、あの池はシッテンヘルム城からほど近い。

ジークフリートは勢い立ち上がる。

「これから私はトロムリッツ公爵家に赴く」

クルトの顔がパーッと明るくなった。

「やっと公女とお会いになるのですね！」

「ああ、馬車でなく騎馬で行くぞ！」

「そ、そんなにお急ぎで⁉」

周りの軍人たちが諸手《もろて》を上げて喜んでいる。

「よくぞご決心を！」

「帝国軍は全力で応援いたしますよ」

きっと彼らのために翻意したと思っているのだろう。少し申し訳なく思いながらも、ジークフリートは堂々たる笑顔を浮かべた。

「みんな、ありがとう。期待に応えられるよう頑張るよ」

ディレクがシッテンヘルム城に居座るものだから、マリーアは辟易《へきえき》していた。夜は侵入を許さぬよう、厳重に警備してもらっているとはいえ、昼間、どこに行くにもついてくるのを追い払うわけにもいかず、本当に鬱陶《うっとう》しかった。ディレクが目を離した隙に、皇太子とマリーアが出会って婚約することを恐れているのだろう。

いっそ池に行ってスケートでもしてお転婆ぶりを見せつけ、度肝を抜いてやろうかとも思うが、池に行ったらジークに会いそうでそういうわけにもいかない。

中庭の散歩についてきたディレクが相変わらず取引を持ちかけてくる。

「どのみち、公女殿下は平民との結婚など許されないでしょう？　私と結婚して、その平民を侍従にしようではありませんか」

ディレクは、今更マリーアが自分に振り向くとは思えないものだから開き直っていた。

――心にもないお世辞を言われるより、こうやって本音で接してもらえるほうがまだましね。

そのとき、伝令が小走りでやってきて、ディレクと話し始める。小声なので聞き取れないが、最後の怒気を含んだディレクの声だけが漏れ聞こえた。

「なんだって急に気が変わったんだ？」

――誰の気が変わったというの？

マリーアが不思議に思っていると、ディレクがいきなり抱き着いてくる。

「な……何を⁉」

「あのときは、あなたに恋するあまり、ことを急《せ》きすぎました。マリーア様、ちょっとの間でいいので、私の瞳を見つめてくださいませんか」

「え？　なんでまた瞳を？」

気が向かないが、マリーアは彼の瞳に何かあるのかと目を向けた。

――この瞳……見覚えがあるわ。

薄い青色なせいだろうか、マリーアはジークを思い出してしまう。ディレクは演技だが、ジークは、こんなふうに熱い眼差しを送ってくれたことが何度もあった。

「ひ、瞳は……きれいね」

「瞳だけ？　マリーア様らし……」

「ディレク、離れろ！」

そのとき、ジークそっくりな声がする。

――目が似ている人の次は、声が似ている人？

マリーアが驚いて声のほうに顔を向けると、そこにはジークが立っていた。

彼女に愛を語るとき優しげに細まった瞳は、今は驚いたように見開かれている。まがりなりにも、マリーアの愛したあのジークがそこにいた――。

「あ、あなた……ほ、本当に……？」

会いたくて会いたくてついに幻影でも見てしまったのではないかと、マリーアは立ちすくむ。

ジークは軍服姿ではなく、貴族のような毛皮のコートを羽織っていた。マリーアが公女だとわかって、近衛騎兵を辞めてきたのだろうか。そういえば、家が裕福だと言っていた。

――公女だとわかっても、私を抱き上げてキスしてくれる？

今まで蓋をしてきた様々な感情が一気にこみ上げてきて、熱い雫がマリーアの瞳を濡らす。

「マリーア、どういうことだ⁉」

それなのに、ジークが声を荒らげた。ジークの声はいつも楽しそうだったり、うれしそうだったりで、マリーアが彼の怒声を聞いたのは初めてだった。

「ど、どういうことって……」

目の前まで駆け寄ってきた男の瞳は怒りに燃え、マリーアを睨みつけている。

「あ……あなた……誰？」

それはマリーアの愛した優しいジークではなかった。


ジークフリートからしたら、公女がマリーアだと気づいてからというもの、地に足が着いていない状態だった。

木々の間から、マリーアの金髪が見えたときは、彼の推測が当たっていた喜びに、地上でも二回転できるかと思ったほどだ。全く、マリーアには回り道をさせられた。喜びが百倍になってしまうではないか。

――駆け寄って抱きしめて、さあ今度こそ求婚だ！

盛り上がりが頂点に達したとき、ディレクと抱き合うマリーアが目に入る。

――平民の私が好きなんじゃないのか！

生まれて初めて知った嫉妬という感情は、ジークフリートの頭を沸騰《ふっとう》させた。

「ディレク、離れろ！」

ジークフリートが二人の前に姿を現すと、マリーアが喜ぶどころか、呆然としているではないか。

「マリーア、どういうことだ⁉」

ジークフリートは早足でマリーアに駆け寄る。

久々に愛する〝ジーク〟に会えたはずなのに、マリーアが浮気現場でも見られたかのように動揺している。

「ど、どういうことって……あ……あなた……誰？」

「だ、誰って……⁉」

ジークフリートは愕然《がくぜん》としてしまう。平民の男との情事など、なかったことにしようとしているのだろうか。だが、彼は皇太子だ。

「マリーア、正体を明かすのが遅れたが、私はオーレンドルフ帝国皇太子のジークフリートなんだよ⁉」

――さあ、マリーア、あの池のときのように今こそ駆け寄って抱き着くんだ。地上だけど、何回でも回ってやる！

マリーアが抱き着くどころか、自身の身を守るように両腕を手でぎゅっと掴んだ。

――どういうことだ？

「兄上、残念ながら嫌われているようですね？」

少し離れて高みの見物をしているディレクが余裕の笑みで口を挟んでくるものだから、ジークフリートはカッと頭に血が上ってしまう。いつも自制を重んじているのに、今回ばかりは止められそうになかった。鋭い眼差しをマリーアに向ける。

「なんで、ディレクなんかといるんだ！」

――よりによって私を殺そうとした男なんかと！

しかもそんな男とマリーアは抱き合っていたのだ。ジークフリートはマリーアの腕を取る。

怒りといらだちで、荒っぽくなってしまった。

「いや、触らないで！」

驚くべきことに、マリーアがジークフリートの手を振りほどく。

「私のことを好きだと言っていたじゃないか！」

――あれが嘘だとでも？

「ひ、人前でそんなこと言わないで」

マリーアが顔を真っ赤にしている。

――そうか、照れているんだな。

だから、さっき、ジークフリートを知らないふりをしたのだ。

ジークフリートは声のトーンを落とす。

「人前で公女に失礼なことを言ってしまって申し訳ない。人がいないところに行こう」

ジークフリートが抱き上げようと近づくと、マリーアが後退した。

「どこへ連れて行くつもり……⁉」

「二人きりで話そう、マリーア」

「私のこと、師匠だなんて持ちあげて……おかしいと思ったのよ」

マリーアが恨むような眼差しを向けてくる。

「え？」

「スケートに興味のあるふりをして……！」

――そこ⁉

そうだ。マリーアは、彼のスケートの上達ぶりに嫉妬するほど、スケートを愛している。

――だから惹かれたというのもある。

ジークフリートは、何かに真剣に取り組む女性というのを見たことがなかったのだ。

「スケートに興味を持ったきっかけは……もちろんマリーアだよ？」

マリーアの美しい曲線を描いた眉が、なぜかキッと鋭く吊り上がった。

「そうやって私を籠絡《ろうらく》したのね！　まんまと夢中になった挙句に、あんな手紙を書いて逃げ出した私を……面白がっていたんだわ。わ、私がどれだけ苦し……かった……か……」

マリーアが言葉に詰まり、頬に涙が伝う。それはどう見ても、再会できた喜びからではなかった。

その涙を見て、ジークフリートはようやく気づく。

マリーアは、ジークフリートが意図的に公女に近づいたと誤解しているのだ。それも無理からぬこと。偶然にしてはできすぎている。

――だが、本当に偶然なんだが！

「違う。私たちの出会いは運命だったんだよ」

ジークフリートが真剣に告げたというのに、マリーアは不審そうに双眸を細めるだけだった。

ジークフリートは二十二歳にして初めて女心の難しさを思い知る。

――誤解を解かないと！

だが、衆人環視でしかもディレクまでいるのだ。いくら小声とはいえ漏れ聞こえることもあるだろう。

「許せ、マリーア」

ジークフリートがマリーアを抱き上げると、侍女だと思っていたカロリーネが懐から銃を取り出すものだから、目を疑った。

「カロリーネ？」

すると、今度は皇太子を守る近衛兵たちが一斉にカロリーネに銃を向ける。

「待て！　この女性を撃ってはならない！　そもそも私が公女を抱き上げている限り、彼女は発砲できない！」

「離して！　下ろしてよ！」

マリーアが脚をじたばたさせている。スケートで鍛えた脚でがんがん胸板を蹴られ、さすがに痛いが、ジークフリートは下ろすわけにはいかなかった。

ジークフリートは暴れるマリーアを抱えたまま、近衛兵の馬の鐙《あぶみ》に足を掛けて飛び乗った。

「話し合いたいだけだ！　公女殿下は必ずここにお戻しする！」

マリーアが連れていかれたのは、池のほとりのあの休憩所だった。

中に入っても、二人の吐く息が白い。

「ここからやり直そう」

ジークフリートがマリーアの腰を引き寄せる。マリーアは、この大きな手に、何度心ときめかせたことか。

彼の空のように美しい瞳が切なげに細まった。この瞳をマリーアは何度、うっとりと見つめ返したことだろう。

そして彼のがっしりとして大きな体躯《たいく》。抱きしめられるとこの世に何も不安がないように感じられたものだ。

マリーアが恋焦がれた男が今、目の前にいる。だから、抱き着いてキスをして再会を喜べばいい。だが、マリーアの体は動かず、ただ、頬を一筋の涙が伝い落ちていく。

——見事に騙《だま》されたわ。

どうりで師匠だなんて褒めてくれたはずである。皇太子ジークフリートは、ミヒャルケ公国を訪ねたあと、ここに公女がいるという情報を掴んだのだろう。

無理やり手籠《てご》めにしようとするディレクよりもずっと策略に長《た》けている。マリーアは、まんまと彼の手に落ちた。

美しい思い出全てが穢《けが》されたようで、今はただ、悲しくて仕方ない。

——美形に持ち上げられて調子に乗って純潔まで捧《ささ》げて……私ってば尻軽にもほどがあるわ。

「マリーア、どうした？」

気遣わしげな声が頭上から降ってきて、マリーアは慌てて手の甲で涙を拭う。

ジークフリートがマリーアを休憩所に連れてきたのは、ここでの甘い記憶を思い出させようという魂胆《こんたん》だ。

――そんな手には乗らないんだから。

マリーアは声を絞り出す。

「皇太子だからって慣れ慣れしくしないで」

ジークフリートの胸板を突っぱねたのに、彼は腰から手を離すところか、もう片方の手もマリーアの腰に回して囲い込んでくる。

「ディレクには渡さない。私がどれだけ辛かったかわかるか!?」

そう語気を強めるジークフリートの瞳は鋭利だった。同じ顔をしているが、ジークとは全然違う。ジークはどこまでも優しかった。

ジークフリートが唇を押しつけてきた。愛情のない、まるで殴るようなキスだ。

――やっぱり、ジークじゃないわ！

マリーアは彼の唇を噛む。

「……っ痛」

ジークフリートが唇を離し、信じられないといったふうに目を瞠った。と同時に腰に回した手に力がこもる。マリーアを逃す気はないらしい。

「手を離して！」

マリーアが真剣な眼差しで見上げているのに、ジークフリートが舌を出し、自身の唇についた血を舐めた。まるで舌なめずりのようだ。

「もう二度と離さない。君は私にこうされるのが好きなはずだ」

「えっ？」

ジークフリートがケープの中に手を差し入れてくるではないか。ドレスの上から彼女のふくらみの頂点を親指でぐりぐりと圧してきた。そうしながらもジークフリートはマリーアの耳朶を口に含んだ。

「やめて！」

マリーアは全力で彼の頬を突っぱねた。

耳から唇は離れたが、それでもジークフリートは胸をまさぐるのをやめなかった。以前は気持ちよく感じた行為に、なぜか今は嫌悪感しか浮かばない。

と、そのとき、もう片方の手がスカートの下に入り込み彼女の股座《またぐら》を掴んだ。

「いやっ！　兄弟そろって女性をなんだと思っているの！」

ジークフリートがやっと手を引っ込めた、弟と同類扱いされたのが堪《こた》えたのだろうか。

「どうして……？　だって、前はキスしてって……」

困惑したようにジークフリートが眉をひそめてマリーアを見下ろしている。

「前は全然違ったわ。私を尊重して……こんなふうに物みたいな扱いをしなかった」

　ここにきて気づいた。そうだ。ジークフリートに以前体を触られたとき感じた愛情が、今はなかった。どちらかというと怒りだ。それなのに体を密着されたとき、布越しに彼の昂りが硬くなったのが感じられた。男という生き物は怒りで欲情できるのだろうか。

「物？　そんなわけないだろう？　前も今も私は私で、君は私が初めて愛した女性だ。なぜだ⁉　皇太子だとなぜだめなんだ⁉」

　切なげな瞳にぐっときたが、さっき体を触られたいやな感じを思い出し、マリーアは自身の上体を自分の腕で抱きしめる。

「……そういう問題じゃないわ」

　マリーアが睨むと、ジークフリートが顔を歪《ゆが》めた。

「……じゃ、どういう……？」

「私が好きだった〝ジーク〟は、いやがる女性にせまったりしないということよ」

「だった……過去形なのか？　今は……いや……なのか。前はよかったのに……今は……」

　ジークフリートが呆然としながら、そうつぶやく。

「そうよ。皇太子だからなんでも許されると思って……私、傲慢な男性って大っ嫌いよ」

「なるほど……そういう考え方か……だが……嫌い……なのか……そうか、嫌いなんだ……」

　難しい数式でも解くようにぶつぶつ言ってから、ジークフリートが顔を上げた。その表情は、ジークのときのように凛としていた。何か答えを出したようだ。

「わかった。君が好きだった平民のジークは死んで、今や皇太子のジークフリートしかいないというわけだ。安心してくれ。もういやがる君にせまったりしない。ただ、ひとつだけ教えてくれ。マリーア、君は妊娠していないのか？」

マリーアは婚前交渉をしてしまったことが急に恥ずかしく感じられて下を向く。

「……そんなの……まだわからないわ」

「あのとき私は結婚するつもりで君を抱いてしまったが、マリーアにその気がないとしても、もし子どもができていたら、いつでも私を夫にしてくれ。そうじゃないと、君の評判が落ちてしまうし、なんといっても子が可哀そうだろう？」

「え……ええ。わかったわ。ご親切にどうも」

マリーアは依然として顔を上げることができないでいた。

すると彼の足が一歩後退し、二人の間が空いた。ジークフリートがそこにかしずき、見上げてくる。

顔を見られたくなかったのに、視線が合ってしまった。

「公女殿下への数々の非礼、お赦《ゆる》しください。これからは友好国の皇太子として、おつきあいいただければ幸いにございます」

急にかしこまった口調になった。なんと落ち着いて威厳のある声だろう。こんな騎士のようなポーズだというのに、なぜか皇太子然として見える。佇《たたず》まいが美しいのだ。

ジークと出会ったときもそうだった。あのときは平民のコート姿だったが雪景色の中に立つ彼を神々しいと思ったものだ。あれはこの生来の気品によるものだったのかもしれない。

「わ、わかってくれたらいいのです」

――本当にいいの？

マリーアは急に後悔し始めた。会いたくてたまらなかった〝ジーク〟がここにいるのに、どうしてこんなことになってしまったのか自分でもよくわからない。

「では失礼いたします」

そう言ってジークフリートが踵《きびす》を返し、休憩所の木製扉を開けた。マリーアが彼を引きとめようと手を伸ばした、そのとき、カロリーネが駆けつける。

「マリーア様、また変なことをされていませんか⁉」

ジークフリートが横に避《よ》けて、カロリーネからマリーアが見えるようにした。

「だ、大丈夫よ。二人で話したかっただけみたい」

マリーアがそう答えて外に出ると、ジークフリートがカロリーネに語りかけていた。

「カロリーネ、君は侍女じゃなくて護衛だったんだね？」

池の前でこんな光景が何度もあったような気がする。だが、今日のジークフリートはあのときのような気楽な平民の服ではなく、首元にはクラヴァットを巻き、豪勢な毛皮のコートを身に着けている。

そしてカロリーネの反応も違った。

「マリーア様に何かあったらただではおきませんからね！」

カロリーネがケープの下に手を突っ込むと、ジークフリートは近くの侍従や近衛兵に掌を向けて牽制《けんせい》した。しかもジークフリートが顔をマリーアのほうに振り、慈愛に満ちた笑みを向けてくるではないか。

「マリーアはいい護衛を持ったな」

マリーアはなぜだか泣きそうになって、声を発せなくなった。口調だけでなく、マリーアを思いやるところも以前のジークのようだ。

「マリーア、ジークとして一言だけ言わせてほしい。俺、君のスケートを初めて見たとき妖精かと思ったんだ。だから俺も君のように滑ってみたくなった。そしていっしょに滑って……こんなに楽しいことがこの世にあるなんてって……。これだけは信じてほしい、君にスケートの楽しさを教えてもらえて……幸せだった」

マリーアはもう何も答えられなかった。ただ、公女としてオーレンドルフ帝国の近衛兵たちの前で泣きたくなかった。口をぎゅっと結んで、目を必死でこじ開けていた。

「もう会えないと思っていたから、マリーア、君と再会できてよかった。カロリーネの馬で城まで帰れるね？」

マリーアは黙ったままこくんとうなずく。

そのとき、カロリーネが手配した馬車が到着した。池に遊びに来ていたときとは違う、黄金の装飾がついた豪奢な馬車だ。

「さ、マリーア様、こちらへ」

マリーアは、カロリーネに手を引かれ、馬車の中に足を踏み入れる。マリーアが座ると、カロリーネがすぐに扉を閉め、カーテンを引いて外から見えないようにした。ほどなく馬車が動き始める。

マリーアが、カーテンの隙間から外を覗くと、ジークフリートは池のほとりに立ちすくみ、いつまでも馬車のほうを見ていた。

――ジーク！

マリーアは心の中で叫んだ。この期に及んで、馬車から飛び降りて彼のほうに駆け寄っていきたくなる。だが、そんな気持ちをぐっと抑えた。

――私、一体……何がしたいの⁉

ジークにしてみたら、マリーアはお迎えが来るなり、あっさり去って行ったとしか思えなかった。

――自分が好きだからといって、相手からも好いてもらえるとは限らない。

そんな真理にぶち当たり、ジークフリートは肩を落とした。

馬車が見えなくなっても、マリーアが去って行った方向を見ていると、クルトに「大丈夫ですか？」と、心配された。

「……恋愛って難しいものだな」

ジークがつぶやくように言うと、クルトが肩を竦めておどける。

「恋愛じゃないですよ。女が難しいんですよ」

――そうか。考え方が異なるからこそ、異性に惹かれるのかもしれないな。

「もう、お諦めになるのですよね？」

諭《さと》すように問われ、ジークフリートは初めて気づいた。

「……諦められるわけがないだろう？」

「えっ？」

クルトが絶句している。

「安心しろ、いやがる女を強引に手に入れるようなまねはしない」

「で、ですよね、さすが殿下」

「喜びのあまり悪手を打ったので今は一旦引くが、戦いはこれからだ」

「そ、そうですね」

「彼女が何者かわかっただけでも大いなる進歩だよ」

「た、確かに」

「せめてスケートを頑張るとしよう。クルト、私の荷物からエッジを取り出してもらえるか？」

ジークフリートはすっくと立ちあがった。

「ど、どうしたらそうなるんです？」

クルトが驚いたようにジークフリートを振り仰ぎながらも、手はちゃんと動いていて荷物からエッジを取り出している。

「私らしい、だろう？」

ジークフリートがとりあえず口角だけ上げて視線を落とすと、クルトが困ったように眉を下げて微笑を返してきた。

「ええ、とても。学業もスポーツも、殿下は、なんだって極めてらっしゃいましたもの」

マリーアとカロリーネが乗った馬車がシッテンヘルム城のエントランスに着くなり、父親である大公ローベルトが飛び出してきた。マリーアが馬車を降りると、ローベルトだけでなく、トロムリッツ公爵夫妻と伯母のローザリンデも心配そうに周りを囲んでくる。

「お父様、いついらしたの？」

「皇帝が、マリーアが選んだほうの皇子を皇位継承者にすると宣言したというから急いで来たら、マリーアが皇太子に誘拐されたと聞いて……。第二皇子は追い返してくれたわ！　それにしても、皇帝も皇子もミヒャルケ公国公女を駒扱《こまあつか》いするなど、失礼千万‼」

ローベルトが顔を真っ赤にしてまくしたてている横で、ローザリンデがマリーアの手を取った。

「マリーア、何もなかったのよね？」

「え、ええ。すぐに衛兵とカロリーネが来てくれたので」

「大公殿下、皇太子殿下をお止めできず、申し訳ありませんでした」

マリーアの父親に謝る、従兄パルドゥルの申し訳なさそうな顔を見て、なぜかズキンとマリーアの胸が痛んだ。それにしてもジークが皇太子だなんて未《いま》だに実感が湧かない。

「公爵、いやパルドゥル、あの兄弟はどうしようもない。うちが断れば、次はキーヴィッツ公国の女児との婚約を取りつけるだろう。私は大国に媚《こび》を売らなくてもやっていける」

「さすがですね。そんな公国はなかなかありませんよ」

パルドゥルが追従《ついしょう》を口にしながらも肩を落としているのがマリーアにはわかった。

父ローベルトが厳格な表情を向けてくるものだから、マリーアは縮み上がる。

「マリーア、カロリーネに聞いたぞ。おまえが我が宮殿を駆け出したのは、ディレクに襲われかけてのことだそうじゃないか。しかも兄は兄で、マリーアに結婚の申し込みをしておいて、その後連絡がないと思ったら平民の女に入れあげていたんだと！」

　マリーアは目を見開いた。

「平民の女に……？」

「ああ。そうだ。パルドゥルから聞かなかったのか？」

　ローベルトの横で、パルドゥルが気まずそうな顔になった。マリーアと皇太子をくっつけたくて、あえて話さなかったのだろう。そんなパルドゥルを気にかける様子なく、ローベルトが興奮気味で話し続けている。

「皇太子ジークフリートは平民の女を娶るから公女と結婚しないと、公言していたそうだ。それなのに急にほいほい言い寄ってきたあげくに誘拐だ！　結局、公国出身の皇后より愛妾を寵愛した父親と変わらないではないか！」

「え？　皇太子が平民の女を娶ると……？」

「ああ、どこで知り合ったんだか」

「……嘘でしょう？」

　――騙しただなんて……私、ひどいことを言ったわ……。

　皇太子であるジークフリートは平民のマリーアに恋してくれた。だから彼はこう言ったのだ。

『違う。私たちの出会いは運命だったんだよ』

　ディレクも運命という言葉を使っていたので、ジークフリートからこの言葉を聞いたとき、マリーアは、兄弟そろってまたかと思ったが、ジークフリートは本気で『運命』だと思っていたのだ。

確かに公女と出会ったのが、彼が言うように全くの偶然だったのなら、運命だとしか言いようがないではないか。

「……お父様、その平民、私なの」

「は？」

「私、大変な勘違いをしていたわ」

マリーアはくるっと踵を返し、護衛用の馬のところへ行く。手綱を持つ護衛ににっこりと微笑みかけた。

「お馬を少しお借りしていいかしら？」

「え？　あ？　はい、この馬でよろしかったら……」と、護衛に手綱を渡されると、マリーアはすかさず鐙に足を掛け、ひらりと馬に跨る。

「マリーア、戻るんだ！」

ここにきて大公が叫んでも、あとの祭りだ。マリーアは馬を全力疾走させていた。

「衛兵！　あのじゃじゃ馬を追え！」という声が背後から聞こえてくるが、彼女の頭の中は、ジークフリートのくれた言葉でいっぱいになっていた。

ジークフリートは一人で練習したことでやっとわかったと、臆面もなくこう告げてきた。

『俺、スケートが好きだと思っていたけれど、違う。マリーアが好きなんだって』

久々の再会で感極まってキスをしたあと、こう宣言してくれた。

『君が侍女だろうが誰でもいいから君が欲しい、君だけが！』

そして微睡《まどろ》むマリーアの耳元でこう囁いてくれた。

『マリーア、私は決めた。絶対に君と結婚して、毎日こうして睦み合う。結婚しよう』

そして、皇太子としてマリーアの前に現れたあともこう言ってくれた。

『これだけは信じてほしい、君にスケートの楽しさを教えてもらえて……幸せだった』

——ジークが本当に私のことを好きなら、絶対にあそこにいるわ！

マリーアは池まで馬を走らせる。大木に馬の綱を括《くく》り、徒歩で池の近くまで行くと、木々の間に軍服姿の男が立っていた。マリーアに気づくと目を丸くしたが、彼は人差し指を唇に当てると、黙ってそこから去って行った。

——もしかして、二人きりにしようとしているのかしら。

池まで出ると、向こうのほうで、ジークフリートが氷上にスケートで図形を描いている。

マリーアは靴のまま池の氷面《ひょうめん》に足を踏み入れるが、つるつる滑って歩きにくい。

図形を描くのが終わったのか、彼が顔を上げた。マリーアに気づくと、ものすごい勢いで滑り寄ってくる。

「ジーク……フリート！」

マリーアはよろよろと立ち上がった。

「マリーア、どうしたんだ？」

「私、ひどいことを言ったわ。謝りに来たの」

「ひどいことをしたのは私のほうだろう？　いやがっている女性にあんなことを……最低だ」

ジークフリートがマリーアの前まで来て、彼女の手を取った。

「いえ……あなたがどんな人かわかっているはずなのに……私こそ自分の身分を隠していたのに……！　ごめんなさい」

ジークフリートが眉を下げて微笑んだ。

「マリーア、私はひとつ謝らないといけないことがある。スケートが好きだと言ったが、あれは嘘だ」

「えっ？」

何を言い出すのかとマリーアが思っていると、ジークフリートが真顔でこう告げてくる。

「一人でスケートをしていても楽しくないんだ」

マリーアは可笑《おか》しくなって小さく笑ってしまう。

「……私もよ」

マリーアはジークフリートに抱き着く。すると彼も、彼女の背に手を回してぎゅっと抱きしめ返してきた。マリーアは大きな体に包まれ、涙を滲《にじ》ませた。

――温かい。

今となっては、どうしてこの温もりなしで生きていけると思ったのかが不思議でならない。

「スケート以外もいろんなこと……あなたとしたいわ」

マリーアは彼の胸に頬を預けた。その鼓動も匂いも、彼女の好きなジークのものだった。

「マリーア、結婚してくれ、そして二度と私の前から消えないでくれ」

切実な口調に、マリーアの心がきゅっと痛む。

「はい。ジーク、ごめんなさい」

すると、ジークフリートが彼女の二の腕を掴んで、体を少し引き離した。屈んで顔を覗き込んでくる。

「あの手紙の、幸せでいてほしいから結婚してはいけないって、どういう意味だったんだ？」

「え、だって、私、皇子二人から求婚されていたから、私と結婚すると、ジークは近衛騎兵を続けられなくなるでしょう？」

ジークフリートが唖然としている。

「な、なんだそれ……私のためを、思って……？」

確かにそうだが、マリーアは急に照れくさくなってしまう。

「え、ま、まあ。そうとも言えるかも……だから不幸になるって書いたの」

そう早口で言ったあと、マリーアは自身の顔を覆った。

「君さえいれば、私は幸せになるのに。早く身分を明かせばよかった！」

「なぜ明かしてくれなかったの？」

ジークフリートが顔を見せてくれとばかりに、マリーアの手を彼女の顔から外す。彼の空色の瞳は慈愛に満ちていた。

「君を抱いたあと、朝にでも明かすつもりだった。でも、消えてしまったから……」

「そ、そうだったの……。でも、それまで明かさなかったのはなぜ？」

その瞬間、マリーアは、ぎゅっと強く抱きしめられた。

「私は平民とは結婚できない。どう頑張っても愛妾止まりだ。……だから、言えなかった。君以外に皇太子妃を娶ってマリーアを愛妾扱いだなんて、どうしてもいやだったんだ」

「わ、私のため……？」

「と同時に自分のためでもある。公国出身の皇太子妃に君が蔑まれたりしたら……私は自分が赦せなくなりそうだから」

マリーアはこれまでの皇太子像とのあまりの違いに呆気《あっけ》に取られてしまう。

「ジーク……あなた……真面目なのね。もっと皇家って乱れているのかと思っていたわ」

「真顔で言わないでくれるか？」

ジークフリートが半眼になった。彼の漆黒の睫毛がまっすぐ前に向かって伸びて、その長さが際立つ。

「ご、ごめんなさい。でも安心したわ」

「そうだ。私は皇家の中でも珍しく堅物皇太子で通ってきたんだ。今までなんだって完璧にこなしてきた、今回のことが初めての失態だ。責任とって結婚してもらうからな」

大きな手で頰を包まれ、鼻と鼻が触れるくらいの距離になり、マリーアは顔を熱くした。

「わ、私は……相当お転婆よ？　大丈夫なの？」

「そこがいいんだよ」

唇が彼の口に覆われた。舌が入り込んでくる。彼の肉厚な舌に、舌がからみ取られる。陶酔で頭の中が痺れ始めたころ、ちゅ、という水音とともに唇が離れた。

「マリーア、遠くから聞こえてきていた蹄の音が止まった。そろそろ来るころだ」

「そういえば、父が衛兵って叫んでいたわ」

木の上に積もった雪が落ちる音の方向にマリーアが目を向けると、木々の間からカロリーネと城付きの衛兵たちが顔を出した。

「マリーア様から離れて！」

カロリーネが銃を構えている。

ジークフリートが苦笑しながら、体をカロリーネのほうに向けて両手を挙げた。

「カロリーネ、君の主君は無事だ。安心してくれ」

その半刻後、シッテンヘルム城の応接の間で、マリーアはジークフリートと並んで黄金の椅子に座っていた。ローテーブルを挟んで向かいには父である大公ローベルトと従兄のトロムリッツ公爵パルドゥルが並んで座っている。

「結婚したい」という二人に、父ローベルトが渋面で無言を貫いていた。

隣に座るローベルトに気遣うような視線を送ったあと、パルドゥルがジークフリートに顔を向ける。

「ジークフリート殿下、殿下と縁戚《えんせき》になれるのは公爵家として大変光栄ではございますが、大公殿下は納得されていないご様子でして、というのも、殿下が先日の舞踏会で、平民にご執心とおっしゃっていたからにほかなりません」

「私はあのときのぼせていて、本当に情けない話ですが、偶然出会ったマリーア様を平民だと思いこんでおりました」

ローベルトが急に目を見開いた。

「マリーア、もしやさっき、その平民は私とか言っていたのは……そういうことなのか？」

「ええ、そうなんです。シッテンヘルム城に公女が滞在しているのは秘密だったから、侍女のふりをして池でスケートをしていたときに、温泉療養にいらした殿下が通りかかりまして」

大公が怒りで顔を真っ赤にしている。

——やっぱり父親は父親なのね。可愛い娘を手離したくないんだわ。

ジークフリートが、父親からどんなに非難されるのかと、マリーアは身構える。ジークフリートを一瞥すると、彼がマリーアを励ますように、うなずきで返してくれた。

——そうよ。皇太子が私を選んだのだから、お父様にだって止められないんだから！

マリーアは再び顔を上げて、父親をまっすぐに見据えた。

「殿下、やはりうちの娘はもう少し修道院に入れたほうがいいかもしれません。皇家でどんなことをしでかすか……」

——そっちー!?

「え、ひ、ひどいわ」

「魚釣りをしに山を登ったり、二階の自室から彫像を伝い下りて宮殿を飛び出したり、さっきも衛兵の馬を奪って池まで駆けたりと……殿下は娘の行状をご存じないのです」

ローベルトが目を閉じて小さく首を振っている。

マリーアはよりによって皇太子の前で、日頃の行いの悪さを暴露され、ジークフリートの様子を窺《うかが》った。

——絶対に呆れているわ！

案の定、ジークフリートの口の端がむずむずと動いている。笑いを堪《こら》えているのだ。

「大公、とんでもございません。マリーア様は、スケートを習いたがる、平民に扮《ふん》していた私にも、丁寧にスケートを教えてくださいました。そんな優しいマリーア様に心を奪われまして……。ただ、ずっと侍女だと誤解していただけです」

パルドゥルが可笑《おか》しそうに話し出す。

「そういうことでしたか！　何者かが『マリーア』と『カロリーネ』という侍女を探しているという話を侍従から耳にして警戒していたら、マリーアを侍女だと思っていた殿下がお探しだったのですね」

「つつぬけだったとはお恥ずかしい限りです」

ジークフリートに照れたよう眼差しを向けられ、マリーアは息の根を止められるかと思った。可愛すぎて――。

「ジーク……そういえば、私に会いたくて調べたって言っていたわね？」

「そうだよ。私は冷静さを失ってしまって、いろいろ悪手を打ってしまった。皇太子失格だ。でも、君がそばにいてくれるなら、今後こんなヘマはしないよ？」

「ジーク……」

ジークフリートの空色の瞳が熱情で揺れる。

ごほん、ごほん、ごほんとローベルトがこれ見よがしに咳をしてきた。

「もう、わかりました！　あとは二人きりになったあとにやってくだされ！　ただ、うちの娘の破天荒《はてんこう》ぶりがばれないよう、池で知り合ったのはご内密にしていただきたいですな。それらしいなれそめを作っていただけますかな、婿殿《むこどの》下」

「お義父様、婿と認めてくださるのですね」

ジークフリートが立ち上がると、大公も重い腰を上げた。

「ああ。お転婆だとわかったうえで、もらっていただけるなら、こちらとしても安心です」

大公が手を伸ばすと、ジークフリートは両手でしっかりとその手を握りしめる。

マリーアは父親の態度に少し引っかかりを感じながらも、結婚を認められたので、よしとすることにした。

「では、マリーア様、中庭をご案内いただけますか？」

ジークフリートが立ち上がって手を伸ばしたので、マリーアも腰を上げて彼の手に自身の手を乗せた。

こうして中庭で二人きりになることができた。マリーアにしたら、彼のことを諦めようとしていたときは、ともに城内を散歩できる日が来るとは思ってもいなかった。

「城のお庭にジークがいるなんて夢みたい」

マリーアは、ジークフリートと腕組みをして歩く。

「近衛騎兵と思っていたから？」

「ええ。ジークは？」

「皇太子として堂々とマリーアと手を繋げるなんて夢みたいだよ。早く結婚したいな」

──同じことを思っていたのね。

「私が平民のふりをしていたのを、父は隠してほしいみたいだったでしょう？　皇帝陛下にはどう説明するつもりなの？」

「うん？　そのままでいいんじゃないかな。父に公女と会うだけ会えと言われたから渋々行ったら素晴らしい女性だった……で」

「……その平民の女性は皇太子殿下に弄《もてあそ》ばれたということ？」

マリーアとしては、火遊びをするような皇太子だとは思われたくなかった。

「ああ、それを気にしているの？　大丈夫、父は知っているんだ。私が惚れている平民女性が行方不明だってこともね。呆れていたよ。だから、ディレクに継がせることをちらつかせてまで、私に公女を娶らせようとしたのだろう」

「あら、ジーク、可哀そう。大好きな平民女性に逃げられたのね？」

マリーアはおどけて、片手を口に当てて同情するように首を傾げた。

「そうだよ。君は皇太子になんて残酷なことをしたんだ。許せないな」

厳しい口調でそう言いながら、ジークフリートはマリーアの肩を抱き寄せる。

「まあ、怖いわ」

口先ではそんなことを言いながらも、マリーアはジークフリートと笑い合った。

皇太子や公女のように身分が高いと、残念ながら完全に二人きりになることは不可能だ。二人のいちゃつきぶりを、虚《うつ》ろな眼差しで木陰から見つめる者がいた。

カロリーネとクルトだ。

「あれ、誰？」

二人は同時につぶやいたあと、顔を向かい合わせる。

「ジークフリート様は氷の殿下と言われるくらい、言い寄る女性を袖《そで》にしてきたのですよ」

「マリーア様は、恋愛なんかよりスポーツを好まれる方だったんですよ」

こうしてカロリーネとクルトは、憧れの主君を異性に奪われたショックと寂しさを分かち合ったのだった。


その夜、クルトはジークフリートが滞在している客間の寝室に入った。警護のため、クルトは同じ部屋の簡素なベッドで眠る予定だ。

ジークフリートが薄暗がりの中、黄金が施された賓客用《ひんきやく》ベッドに座っている。

「クルト、心配をかけたな」

主君からの優しい言葉に、クルトは目を潤ませた。そうだ。昨日までは、ジークフリートが皇位継承権を手離す羽目になるのではとやきもきしていたのだった。それに比べたら、女といちゃつこうが、脳内がお花畑になろうが、そんなことは些細なことにすぎない。

――自分の心の狭さが呪わしい。

「とんでもございません！　マリーア様が公女殿下だったなんて、さすが殿下、お目が高い！」

ジークフリートがぷっと噴き出したが、すぐに真顔になった。

「まずはディレクを片づけるぞ」

クルトは刮目した。恋をしたからといって、ジークフリートの脳内がお花畑になどなるわけがない。彼は帝王の器を持っており、そして、彼が帝王になるための障害物は除いていかなければならないのだ。

「ですよね！　でないと、またいつお命が狙われるか……！」

「ああ。それもあるが、あいつも絶対マリーアに惚れていると思うんだ」

――ん？

排除する理由がどうも、クルトが想像していたのと違うようだ。

「マリーアによると、ディレクと結婚したら平民と不倫を許すとか言ってマリーアに結婚をせまっていたらしい。あと、私がシッテンヘルム城を訪れたとき、いちゃついているように見えたのには、わけがあってな。ディレクは、私が城に着いたとわかってから急にマリーアに抱き着いて、私が逆上するように仕向けたんだ。おかげで感動の再会が台なしになった。私という最上の男を知っているのに、あんな小者といちゃつくなんておかしいと思ったんだよ。あいつが策略家だったことは新たな発見だったけれどな。このまま放っておけば、あいつが舞踏会でこれ見よがしにマリーアにダンスの申し込みをして私をいらつかせるのは目に見えている。公衆の面前で皇子にダンスを申し込まれたら、儀礼上、マリーアは断れないだろう？　そんな浅はかな男は徹底的に追い詰めて自滅してもらわなければならない。わかるな？」

――そんな理由で――⁉

そもそもジークフリートは寡黙な皇太子でこんなに話が長い人ではなかった。つまり、ジークフリートの頭はやはりクルトの見立てた通り、お花畑化していたということだ。

「ダ、ダンスだけでもおいやなのですか？」

「どうも、あいつは、それ以上のこともしたようだ。マリーアが一人、公都からラトギプの池まで馬で駆けてきたとき、ディレクはクーネンフェルス宮殿に滞在中だったんだ。きっとディレクに何かされたに違いない。だが、マリーアが話したがらないから……」

ジークフリートがいやな想像をしたらしく、目を眇めている。美形なだけにめちゃくちゃ怖い。

動機は少しずれているような気がするが、ディレクがいる限り、主君《ジークフリート》の命が危ないので、ディレクの排除を決意してくれてよかったと思うクルトだった。

第七章　可哀そうで可愛いあなた

ジークフリートは、マリーアのもとを離れたくなかったが、マリーアとの未来のためだと自身に言い聞かせて、デルブリュック宮殿に戻り、皇帝の居室に向かった。

マリーアとの婚約の経緯について、彼は父親にこう説明する。

「父上に諭され、考えを改めて公女に会いに行ったところ、素晴らしい女性で一目惚《ひとめぼ》れしてしまいました。もちろん公女も私に一目惚れです」

おかげで、父親に大笑いされた。

「意外とおまえは惚れっぽいようだな。最近、急に人間味が増してきて……完璧なときより今のほうが私は好きだぞ」

マリーア一筋のジークフリートとしてはこんな誤解をされて、それを解くこともかなわず、不本意ではあるが、大公との約束を守るためだ。致し方ない。

公女との婚約が父親に認められたことはすぐにでもディレクの耳に入るだろうから、その前に直接伝えようと、ジークフリートは皇帝の居室を辞すと、その足でディレクの居室を訪れる。

衛兵に通されて、ジークフリートが応接室に足を踏み入れると、長椅子にふんぞりかえって座っているディレクがいた。

「シッテンヘルム城では驚きましたよ。いきなり公女を誘拐するなんて……どういうおつもりですか？　平民女に飽きて、公女が欲しくなったとでも？」

ジークフリートは椅子に座ることなく落ち着いた声でこう告げる。

「私は公女を娶ることが決まった。父上の了解も得ている」

「なんですって⁉」

ディレクが急に身を前に乗り出した。

「あのあと二人きりで話して意気投合したものでね」

ジークフリートはしれっと言って、近くにある大きな磁器製の花瓶のほうに足を運ぶ。生《い》けられたクリスマスローズの赤い花に顔を近づけると清涼な匂いがした。横目でディレクを見やる。

憤懣《ふんまん》やるかたないといった顔つきのディレクが、片方の口角を上げた。

「兄上の本命が平民だと、公女が知ったらどう思うでしょうね？」

――脅しているつもりか！

むしろ、知らせてくれるなんて大歓迎だ。平民《マリーア》に熱を上げるあまり、皇位継承権を投げ出そうとしたことが、他者の口からもマリーアに伝われば、ジークフリートの一途《いちず》さに感激して、ますます愛情が深まるというものだ。

だが、ジークフリートはあえてこの脅しに乗ったふりをすることにした。困ったように眉を下げる。

「頼むから、それだけは公女には……言わないでほしいな」

「全てを知ってから結婚したほうがお互い幸せというものではないでしょうか？」

ディレクが勝ち誇ったような笑みを向けてくる。

「よしてくれよ。知らないでおいたほうが幸せということもあるだろう？」

ジークフリートは視線をクリスマスローズに戻した。クリスマスローズの葉や茎根には毒がある。以前、彼が毒を盛られたとき、嘔吐《おうと》、下痢に襲われ、瞳孔《どうこう》が拡大したが、それは何もクリスマスローズの毒に限って起こる症状ではない。

ただ、わかるのは、そのワインを口にした晩餐会で、隣にディレクが座っていたということだけだ。

それから二週間も経たない底冷えのする日、デルブリュック宮殿の舞踏会で婚約を発表するために、マリーアは両親とともに馬車で帝都へと向かっていた。

道中、両親から、今後は皇太子妃になるのだから、窓から外に下りるな、平民のふりをして出かけるな、一人で騎馬で飛び出すな、などと、ひたすら小言を言われていた。もちろんマリーアとて、皇太子に嫁ぐのが大変なことだとわかっている。

以前は、その大変さは主に義務やしきたりについてのことだと思っていた。だが、実際に嫁ぐとなるとそれだけではないことがわかってきた。

――あれは、ジークがまだシッテンヘルム城に滞在していたときのことだわ。

マリーアは、庭園を眺めるための東屋《ガゼボ》でジークフリートと二人並んで大理石の椅子に腰を下ろしていた。丸テーブルも大理石でできていて、そのひんやりとした机面に置いたマリーアの手に彼の温かく大きな手が重なる。

『マリーア、私は異母弟のことは正直、口にもしたくないのだが、ディレクが文書偽造をしたのは、マリーアの部屋に押し入ったときのことが初めてではない』

自分で言い出しておいて、ジークフリートはマリーアとディレクに関して不快なことを想像してしまったようで、苦痛で顔を歪ませた。

マリーアが一人でラトギプの池まで騎馬で駆けつけたわけを聞かれ、ディレクに襲われそうになったことを明かして以来、ジークフリートはいつもこんな感じだ。

――秘密にしておけばよかった……。

『部屋の中であったことについては、私は何も想像していない、想像しない』

ジークフリートが自身を諭すかのようにそうつぶやいているので、マリーアはやれやれと思いながらこう告げる。

『股間を蹴って逃げたから無事だったたって言ったでしょう？』

ジークフリートが頭を抱えた。

『股間を蹴られるぐらい近づいたということだ……』

地獄の底から湧いてきたような声でそう呻いてから、ジークフリートが顔を上げた。いつもの凛々しい表情に戻っている。切り替えが早い。

『いやな想像は一旦置いておいて、伝えたいことがあるんだ。私のサインだが、君への手紙だけ少し変えることにする』

ジークフリートが外套《がいとう》の下から取り出した革製の袋には、紙とペンとインクが入っていた。従者に持たせるものを自分で持っていることからして、もともとマリーアに、このことを伝えるつもりだったらしい。

丸テーブルに紙を置き、ジークフリートが二種類の署名《サイン》を書いた。

『君への手紙だけはサインの最後の跳ねをこっち向きにする。ここが逆側に跳ねているときは、偽造された手紙だと思ってくれ』

『……わかったわ』

ジークフリートのデルブリュック宮殿に住むということは、ディレクとひとつ屋根の下に住むということだ。

『私が必ずディレクから君を守るから、早々に結婚してくれるね？』

横から流し目を送られる。こうすると、彼の睫毛の長さが際立つ。マリーアの胸がどきんと跳ねた。そんな気持ちを隠してキリッとした眼差しで返す。

『結婚したら、私もあなたを守るわ』

すると、ジークフリートがぶるっと小さく震えた。

『どうしたの？　何か悪寒でも？』

『いや、女性にも、そういう発想があるのかと感動してしまって……』

ジークフリートが自身の胸を押さえて、感極まったように目を瞑っている。

――こういうところ、本当に可愛いんだから。

『まあ、オーバーね。私には股間を蹴るぐらいしかできないわよ？』

ジークフリートが急に目を見開いたかと思ったら、悪魔のようなものすごく怖い顔になった。

――この話題は悪手《あくしゅ》だわ。

『気持ちはうれしいが、偽造された手紙が来たら攻撃はせず、真っ先に私に知らせてくれ』

『わかったわ』

ジークフリートがマリーアの手を取り、商談成立とばかりに手の甲にくちづけた。

マリーアは馬車の中で、カーテンの隙間から遠くに見えるデルブリュック宮殿を眺めながら、そんなことを思い出していた。

異母兄弟間の権力闘争が起こった原因は、ひとえに皇帝が愛妾を置いたことに端を発する。

マリーアはぞくっと背筋に寒いものを感じた。

――ジ、ジークは大丈夫よね？

ジークフリートは素性のわからぬマリーアのために、皇位も擲《なげう》とうとしたぐらいである。そんな彼が愛妾など作るわけがないと自分に言い聞かせた。

――むしろ嫉妬深くて困るぐらいよね？

と、そのとき、トランペットのファンファーレが鳴り響いた。マリーアの馬車が宮殿の門まで着いたのだ。マリーアが窓から外を眺めると、さすが大帝国の宮殿、壮観である。

小高い丘の上に左右に広がる空色のデルブリュック宮殿。宮殿へと続く階段も、その手前にある噴水も、黄金の装飾が惜しみなく使われている。

馬車道は白く、左右の木々は雪に埋もれていた。白銀の世界に聳《そび》え立つ宮殿の空色が春の青空のように感じられた。

――夏になったら、きっと緑でいっぱいになるんだわ。

マリーアが、そんなことを思いながら眺めていると馬車は坂道を蛇行《だこう》し、やがてエントランスへと着く。

馬車の扉が開くと、ジークフリートが足早に近寄ってきて、マリーアの手を取った。

黄金の鷲の像を背景に、セーブルのこげ茶の毛皮のコートを羽織ったジークフリートが上品な笑みを浮かべている。

――こんな美しい人が私の婚約者だなんて……。

「ミヒャルケ公国大公殿下、大公妃殿下、公女マリーア様、ようこそお越しくださいました」

ジークフリートの型通りの挨拶が終わると、皇帝ラングハイン七世がそれに続けて婚約を寿《ことほ》ぐような言葉を紡《つむ》いだ。皇帝の傍らには女性がおらず、公妾がこの場に来ていないようで、マリーアは内心ほっとした。

「マリーア、よく来たね」

いつの間にか、ジークフリートが横に来ていて、手を繋がれた。

「え、ええ?」

婚約者ともなると、公の場で手を繋いでも顰蹙《ひんしゅく》を買わないものだろうか。ジークフリートは上機嫌でマリーアの手を引き、エントランスホールへと歩を進めている。しかも、屈んでこんな大胆なことをマリーアに耳打ちしてきた。

「今晩、君の部屋に行っていい?」

マリーアは驚いて、少し前を歩く皇帝と大公夫妻を一瞥し、小声で返す。

「両親に知られたら、また叱られてしまうわ」

「ここは私の宮殿だよ？　知られずに忍び込めるよ」

掠れた声と息が耳に吹きかかり、マリーアは密かにぞくっと感じてしまう。

「そ、そういう……問題ではないわ」

マリーアが声を絞り出したところで、皇帝陛下がこちらに振り向いて破顔《はがん》した。威厳があり、顔にしわも刻まれているが、笑うとジークフリートのおもざしがある。

「なんだ、そんなにくっついて……もう結婚しているみたいだな」

大公夫妻も歩を止めてこちらを見て苦笑していた。

——お父様、お母様まで……。

実際もう結ばれているので、ある意味すでに結婚しているようなものだ。

——こういうのって雰囲気に出るものかしら……。

マリーアは恥ずかしくなって扇を広げて顔を隠した。

応接の間で、五人でしばし歓談したのち、大公夫妻とマリーアは別々の客間に案内された。

マリーアが客間に入り、身だしなみを整える部屋でドレスを着替えていると、カロリーネが封筒を持ってきた。

「マリーア様、早速、皇太子殿下からお手紙が届きました」

「何かしら」

侍女たちの手前、マリーアは喜びを隠して淡々と答えた。

──性懲りもなく、この部屋に遊びに来たいとか書いてきているんだわ。

ちょうど着替えが終わったので、侍女たちには一旦下がってもらい、カロリーネと二人きりになる。鷲の刻印が押された封蠟を開けると、整った字で書かれた手紙があった。

──さすが完璧皇太子、字がきれいだわ。

「晩餐会のあとに会いたいんですって」

読みながらマリーアがそう言うと、カロリーネが眉をひそめた。

「婚約発表前に変な噂が立ってはいけないので、今はお会いにならないほうがよろしいかと思われます」

「だ、大丈夫。わかっているわ」

そう答えながらも、二人きりになりたいと思うジークフリートが可愛くて仕方ない。そこには『晩餐のあと、三階東棟の絵画ギャラリーで会いたい』とあった。

──部屋がだめならギャラリーで、というわけ？

クスッと小さく笑ったあと、マリーアは震撼《しんかん》とした。

サインの跳ねがマリーア向けのものではなく、通常の署名だった。

「……カロリーネ、この手紙をそのまま、ジークに届けてちょうだい」

「突き返すわけですね」

カロリーネが鼻息をふんと吐く。

やれやれと思いつつ、マリーアは「まあ、そんなところね」と答えた。

意気揚々と出ていったカロリーネが十分後に戻ってきたときには不満げな表情になっていた。

「マリーア様、皇太子殿下が扉の外にいらっしゃるんですけど……」

「そんなところで立たせていると噂になるわ、入れてさしあげて」

マリーアがそう言うと、カロリーネは渋々出ていき、次にこの応接室に入ってきたのは、ジークフリートだけだった。

「桜色のドレスも素敵だね」

凛々しい彼の眉が下がる。背が高くてすらっとしていて、漆黒の丈長上衣が黒髪に映え、とてもかっこいい。かっこよすぎる。

——やっぱり私の婚約者は最強だわ。

「マリーア、会えてうれしいよ」

ジークフリートが近寄って頬にキスをする。

「でも、会える理由がこんなことじゃなければよかったよ……。結婚前に片をつけないといけないことがあるんだ。協力してもらえないか？」

ジークフリートの表情が急に引き締まったので、マリーアはただならぬものを感じる。

「私にできることなら任せて」

マリーアはジークフリートにぎゅっと抱きしめられた。

「心強い。愛するマリーア、君を脅《おびや》かすものは徹底的につぶすつもりだ」

ジークフリートから出たと思えない不穏な台詞《せりふ》に、マリーアは驚いて顔を上げた。彼の双眸は今までになく鋭利だった。


晩餐は皇帝の食事の間で、皇帝とジークフリート、大公一家がテーブルに向かい合う形で行われた。幅の広いテーブルなものだから、ジークフリートが遠く、当たり障《さわ》りのない会話しかできない。だが、食事をしながらにこやかに話す姿はとても新鮮だった。

晩餐が終わり、マリーアは一旦、客間に戻るが、手紙で指定された時刻になると、カロリーネとギャラリーに向かった。ジークフリートの指示通り、カロリーネにはギャラリーの巨大な支柱の陰で待機してもらう。

誰もいないのでマリーアは一人、壁に並ぶ絵画を見ていた。Uの字型のギャラリーの一方から足音がして、マリーアは振り向く。

そこにはディレクが立っていた。なぜか陰険そうな笑みを浮かべている。

「兄の手紙でここまで来る、それだけで嫉妬で胸が張り裂けそうだよ」

ディレクが現れたら驚いてほしいと、ジークフリートに頼まれていたことを思い出し、マリーアは目を剥《む》いて口をぱっかーんと開けた。

「ドドドウシテ、ディレクガココニ⁉　ジークからの手紙だったのに」

――オーバーすぎだったかしら……。

「どうしても君を諦めきれなくて……兄の名を騙《かた》ったんだ」

演技がばれていないようで、マリーアは内心ほっとしつつ、今度は非難するような視線を投げかける。ついでに頬を手で覆った。

「ナナナンテ、ヒキョウナ！　私はもう婚約したのですよ」

「婚約発表舞踏会は明日だ。まだ引き返せる。舞踏会に、兄の代わりに私が出ればいいことだ。だって、マリーアは知らないんだろう？　ジークフリートはね、実は平民の女にえらく執心しているんだ」

――それ、私だから！

真顔で言われて、マリーアは噴き出しそうになったので、慌てて口を覆う。

「エエエ⁉　ヘイミンデスッテ⁉」

「そうだよ。ジークフリートがなかなか君に会いに行かないのをおかしいと思わなかったのか？　その平民の女に止められていたのさ」

この台詞《せりふ》だけで、ディレクが息をするように嘘をつくことがわかった。平民《マリーア》は止めた覚えがない。

ディレクの瞳が劣情を帯び、近づいてくる。マリーアがぞわぞわと悪寒を感じて後ずさりしたところで、ジークフリートの低いけれど通る声がギャラリーに響き渡った。

「ディレク、私の婚約者に近づかないでくれないか」

「兄上、なぜここに⁉」

ジークフリートがマリーアに駆け寄って肩を抱いてきた。懐から、マリーアが受け取った手紙と封筒を取り出す。

「婚約者にこんな手紙を送られて、私も胸が張り裂けそうだよ」

「それは‼」

「私の字のくせをよく模倣《もほう》した手紙だ。手紙の偽造はこれが初めてではないよな？」

「偽造？　なんのことでしょう？」

しらばくれるディレクに、ジークフリートが呆れたような瞳を向けた。

「なんのって、さっき兄の名を騙ったって自ら言っていただろう？」

「そんなこと……言いましたかね？」

ディレクが片眉を上げ、首を傾げた。

ジークフリートは懐から新たに封筒を取り出す。封蠟が捺されていないほうを見せた。

「これもおまえが偽造したんだろう？　気づかないと殺されるところだったよ」

「何を証拠に？　それは父上からの手紙でしょう？」

片方の口角を上げるディレクを、ジークフリートは冷めた目で見つめた。

「……私は今、誰からの手紙とは言ってないけどな？」

「何が言いたいんです？　そもそも何を根拠に偽造だなんて」

「その根拠は極秘ですよね？　父上」

「え？　父上」

ディレクが動揺しているところに、コツコツと靴音が立つ。もうひとつの角から皇帝が現れた。皇帝の手にはその封筒に入っていた手紙が握られている。ディレクが皇帝の名を騙って書いた手紙だ。

皇帝は深い落胆の溜息をついた。

「おまえにこんな特技があるとはな。ジークから聞いたときは半信半疑だったが、今の会話を耳にして確信に変わったよ。まさかディレクが余の手紙を偽造してジークを殺そうとするとは……アマーリエへの寵愛を笠に着て驕《おご》ったようだな」

ディレクの表情が一変した。

「そ、そんな……父上、何を根拠に……？　兄のふりをして公女を誘惑したからといって、父上のふりをしたとは限らないではありませんか」

ジークがフッと小さく笑った。

「公女に私のふりをした手紙を書くだけで十分重罪なのに、自ら認めたな」

ディレクがうつむいて、そのまま押し黙った。

「ディレク、残念だ。おまえは余が愛した女との息子なのだから、帝位に即けなくても一生安泰だったのに。ジークが貴賤結婚をするというので、おまえをけしかけたばっかりに……」

ディレクが急に顔を上げた。

「けしかけた⁉　やはり、ジークのために私を利用したのですね！　私は、あくまでジークを皇帝にするための駒にすぎなかった――。私が皇位に飛びつく姿はさぞや滑稽《こっけい》でしたでしょう！　一生安泰なだけで私が幸せになれるとでも⁉」

叫ぶようにそうまくしたてたディレクの瞳には涙が光っていた。

マリーアは唖然として成り行きを見守ることしかできない。支柱のほうに視線をずらすと、カロリーネが支柱から片目だけを出していて、出るに出られないという様子である。

今度は皇帝から険しい声が上がる。

「ディレク、幸せだ？　戯言《たわごと》はよせ。余は皇帝ぞ？　アマーリエとの息子だからいろいろ目を瞑ってきたが、キルンベルガー家が皇帝位を維持し続けることこそが第一に優先されることだ。だからこそ貴賤結婚は認められなかったし、皇太子を、皇統を受け継ぐ者を殺そうとしたおまえを赦すわけにはいかない」

ディレクの顔が恐怖に歪んだ。

「そうだ。おまえから皇位継承権をはく奪して軟禁《なんきん》する。一生だ」

「軟禁ですって？　この私を？　ジークの次に皇位を継承する者がいなくなるではありませんか！」

「ち、父上……もしや……⁉」

マリーアは隣に立つジークフリートの顔を見上げたが、無表情で、何を考えているのかよくわからなかった。

皇帝がハハッと乾いた笑みを浮かべた。こういうときも威厳がある。

「ジークに子が生まれるだろう？　生まれなかったとしても余の弟がいる。処刑されないだけありがたく思え」

ディレクが泣き出した。策略家でクールなイメージだったので、マリーアにはただただ意外でしかない。

「そ、そんなのは……処刑も同じです！　母が亡くなったら私を処刑するのでしょう？　少なくとも、父上が亡くなったあと、兄が皇帝の座に即けば、私は処刑されます。だから……ずっと怖かった！　いつかジークが皇帝になったとき私は仕返しされるのではないかと！　だから、先にやろうとしただけです！」

「馬鹿な」

皇帝が不愉快そうに顔をしかめた。

「父上はいつもそうです。母の手前、私を可愛がっているふりをしながらも……兄のことばかり優遇して……！」

呻くようなディレクの訴えを聞くジークフリートの顔に感情の変化が現れた。ハッとしたように目をわずかに開いたあと、もの思いにふけった。

マリーアはジークフリートの真意をとらえかねる。

――ディレクの言葉の何が意外だったというの？

皇帝が押し殺すような声でこう答える。

「当たり前だ。それはジークがエスピノサ公国公女の息子だからではない。皇帝の器だからだ」

ギャラリーに、しばらく沈黙が訪れた。

皇帝が背後に顔を向ける。

「衛兵、ディレクを捕まえて塔の上に軟禁せよ」

ギャラリーの角の向こうから衛兵たちが駆け出してきてディレクを囲んだ。

「嘘でしょう？　父上！　そんな……私は父上に危害を加えようとしたことは一度もありません！　ただ、兄を恐れていただけです！」

ディレクが衛兵たちに引きずられていく。扉が閉まっても懇願の声が外から響いた。

そのとき、マリーアは急にジークフリートの言葉を思い出す。

『君を脅かすものは徹底的につぶすつもりだ』

――あれはもしや、今のことを指していたの……⁉

マリーアがジークフリートを見上げると、彼がなぜか憔悴《しょうすい》したような表情になっていた。つぶすと言っていたとはいえ、やはり血を分けた兄弟だからだろうか。

マリーアは思わずジークフリートの手に手を伸ばし、指先をぎゅっと握る。すると彼が横目で見下ろしてきた。口角を上げたが、悲しげな笑みに見えた。

そのとき皇帝がマリーアのほうに顔を向けた。優しげな笑顔だったが、皇帝の残酷さを知った今となっては、ぞくっと悪寒が走る。

「マリーア、みっともないところをお見せしてしまったね。余はいつも皇后を尊重してきて、息子にもそうさせますのでご安心を。できればご両親には今のことはお話ししないでいただきたい。もし、我が国に嫁《か》したいとお思いならばの話だが」

さっきの厳格な声から打って変わって猫なで声である。だが、その変化が却って怖ろしい。

マリーアは怖くなってジークに顔を向ける。

「マリーア、私からもお願いするよ」

「え、ええ……」

「では、ジーク、マリーアを早くお部屋にお連れするのだ」

「はっ。かしこまりました」

支柱の後ろではカロリーネが顔の前で手を振っている。自分のことは気にせず行けということか。

マリーアはジークフリートに手を引かれて回廊へと出た。ギャラリーの絵画も素晴らしかったが、この回廊の天井に描かれた空に遊ぶ神々は出色《しゅっしょく》である。

「うまくいってよかった……のよね？　ジーク」

「ああ。ありがとう、でも、ディレクがあんなことを考えていたなんて……」

ジークフリートの顔が陰を帯びた。物事がうまく運んだという表情ではない。

「あんなことって？　ジークに嫉妬していたってこと？　そんなの当然じゃない？　うちだって、私より弟が優遇されているわ」

「ディレクに嫉妬していたのは私のほうだ。私も、私の母も、父に愛されていなかったから」

「……お母様を亡くして、さぞや心細かったでしょう」

「心細い？　まさか。私は喜んでいたよ」

ジークフリートが今まで見せたことのないような酷薄《こくはく》な笑みを浮かべたので、マリーアは狼狽《ろうばい》してしまう。

「……私はずっと、母という名の鎖でがんじがらめだったんだ」

ジークフリートが遠くを見るような眼差しになり、過去を語り始めた。

『ジーク、あなたはオーレンドルフ帝国皇帝とエスピノサ公国公女のもとに生まれた、完璧な血筋を持つ皇太子です。なすこと全てが完璧でなければいけません』

これが母の口癖だった。父に愛されなかった皇后のよりどころは〝優秀な皇太子〟の母親であることだけだ。だから少しでも完璧でないところがあると、皇帝になれなくなるのではないかという恐怖に常にさらされていた。

完璧になるために、私はミヒャルケ公国の公女を娶る必要があった。だが、母のような悲しい女性は作りたくない。だから、一生、公女を愛しているふりを続けようと思っていた。

母の遺言もあり、マリーアがもうすぐ十八歳というときに、ミヒャルケ公国に結婚の申し込みをした。色よい返事がないので、自ら出向いた。だが、君はすでにシッテンヘルム城に移っていていなかった。

温泉療養を口実にしていたので、仕方なく、ラトギプに向かった。お忍びなので目立たない道を選んでいたら、池の近くを通りかかり、君を見かけたんだ。そこからは君がご存じの通り。

君が溺れた翌日、池に現れないので心配していたら、皇帝の偽サインを使った手紙が届いた。こんなことをするのはディレクしか考えられない。

このとき、私がどれだけうれしかったかわかるか？　父は、この皇太子にだけ使うサインのことをディレクに漏らしていない、自分は父にとって皇位を譲りたい息子であるということがわかったんだ。

だが、この手紙の偽造を父親に伝えても、ディレクがやったという証拠がないと突っぱねられた。だから、今日、君への手紙を利用させてもらったというわけだ。

これでディレクは私を暗殺することも、君にちょっかいを出すこともできなくなった。

それでせいせいするはずだったんだ。それなのに今、どうしようもなく気落ちしている。それはさっき気づかされたからだ。ディレクもまた私に嫉妬し、恐怖を感じていたのだと——。

ディレクを突き動かしていたのは皇帝になりたいという野望というよりも、むしろ恐怖だったんだ。母親が寵愛を失ったら、そして父親が亡くなって私が皇帝になったら、自分がどんな目に遭うのかと……。

ジークフリートが吐き出すように一気に語った。体力を使い果たしたかのような疲労感が顔に滲んでいる。

大帝国の皇太子として生を受け、外見、頭脳、身体能力、全てに恵まれているように見えたジークフリートは、彼が最も欲した愛情だけは得ることができなかったのだ。

マリーアがなんと声を掛けたらいいものかと思案しているうちに、彼女の客間に着いた。ジークフリートも中に入ってくる。

カロリーネや侍女たちに、ジークフリートは掌を向けることで、回廊に面した前室に留まるように伝え、マリーアと奥の応接室に入り、二人きりになる。

ジークフリートが前室との間にある扉を閉めた。

マリーアが長椅子に座ると、ジークフリートが横に腰を下ろして彼女の頬を手で包んでくる。

「マリーア……こんなところに嫁ぎたくなくなった？」

彼の瞳が切なげに揺れ、マリーアはきゅんと胸を鷲づかみにされる。できるだけ明るい声でこう言った。

「そうね。私は大帝国の皇太子じゃなくて、自国の、背が高くて顔と気立てがよく、ダンスとスポーツが得意で、私を好きなようにさせてくれる度量があり、適度に財力のある貴族と結婚したいと思っていたの」

ジークフリートが苦笑した。

「都合よすぎ」

「でも、自分の心ってわからないものね。今日のことで余計に、早く結婚してあなたを支えたいと思ってしまったわ」

マリーアは上目遣いでジークフリートを見つめて微笑んだ。

「マリーア……」

ジークフリートがマリーアの肩に寄り掛かってきた。マリーアは彼の頭をかき抱《いだ》く。

「あなた……ずっと孤独だったのね」

「……今まで気づかなかったけれど、そうだったのかもしれない」

マリーアは彼のさらさらの黒髪を撫でる。

「でも、これからは私がいる。あなたを一人にさせないわ」

「マリーア……」

ジークフリートが顔を上げると、その瞳は潤んでいた。マリーアは自分からくちづける。

――可哀そうで、可愛いあなた……。

「ジーク、あなたを愛しているわ」

「私もだ……ずっと君とこうしていたい」

ジークフリートが頬を寄せてくる。それだけで、マリーアは快感に打ち震えた。そのときマリーアは気づいた。彼女の太ももに硬いものが当たっていることに。

「ジーク、もしかして？」

「好きだから……肌が触れると……どうしても、こうなってしまう」

照れたように微笑み、体を離そうとするジークフリートの腕をマリーアは掴んだ。

「行かないで、ここにいて」

「マリーア、だって、いいのか？　ここにいたら、私は我慢できないよ？」

「いいの、いいのよ。ジークの好きにして」

──それで、少しでも孤独感が埋まるなら……。

「マリーア……」

「また平民だったジークとマリーアに戻りましょう？」

「マリーア、皇太子と公女としてではなく、ただのジークとマリーアとして出会えて、本当によかった……。私はやっと皇太子ジークフリートではなく、ただのジークになれたんだ」

マリーアはふわりと、ジークフリートに抱き上げられた。

「ジーク？」

「平民だからといって、毎回、椅子じゃいやだろう？」

ジークフリートがマリーアを抱えたまま、寝室のほうへと迷いなく歩を進める。

マリーアは急に恥ずかしくなって、彼の胸に顔を押しつけた。爽やかな香りがした。だが、マリーアは香水よりも、彼自身の匂いのほうが好きだと思う。

扉が開くと、寝室はもう薄暗くなっていた。天蓋《てんがい》付きベッドの両脇に置いてある燭台《しょくだい》に火が灯《とも》されているだけだ。

マリーアが見上げると、ジークフリートの瞳が優しげに細まる。回廊で語っていたときのような険しさが表情から消えてよかったと、マリーアはほっとした。

だが、ベッドに仰向けに下ろされると安堵の気持ちはどこかに飛んでいってしまう。真上にあるジークフリートの瞳が渇望《かつぼう》をまとったからだ。

「マリーア……」

唇に唇を寄せられる。さっきのように触れるだけでは終わらず、舌が入り込んでくる。溶け合うような感覚に頭がくらくらする。彼の長い骨張った指が胸のふくらみをまさぐる。性急な動きに情熱を感じて、マリーアは身をよじる。

徐々に胸の頂が敏感になってきた。ジークフリートの指が布越しに当たるたびに、じんじんと痺れるような快感をもたらす。

その間も、ジークフリートの肉厚な舌が口の中を這っていた。ちゅっと水音を立てて唇が離れると、マリーアの口から、はぁはぁと熱い吐息が漏れる。

「マリーア、今すぐにでも君の中に入り込んでしまいたいけれど……」

ジークフリートがマリーアを抱き起こす。

「でも……やっぱり裸で抱き合いたいんだ」

両手がマリーアの背に回り込み、釦をひとつずつ外していく。背に感じる彼の指の動きに全神経が集中し、細かな刺激だというのに、いちいち意識され、快感が全身に伝播していった。

「……ぁ……ふ……」

マリーアは自ずと首を左右に傾げ、そのたびに自身の金髪が頬に掛かる。

ジークフリートがドレスを左右に剥《む》き、マリーアは下着だけになった。

「どれだけ私が君の体に触れたかったか、わかるか？」

耳元で掠れた声で囁かれ、熱い息のかかった耳朶を口に含まれると、マリーアは、じゅんと下肢が潤んだのを感じた。

「マリーア、やっぱり、耳、弱いよね？」

それは認めざるを得ない。そして、マリーアもまたジークフリートを欲している。

ジークフリートがマリーアの下着をめくり上げ、頭から抜いた。上半身が露わになり、マリーアが慌てて体の前を隠そうとしたところ、スカートを掴まれて引っこ抜かれる。

「きゃ」

マリーアは、はずみでベッドに仰向けに倒れた。すると、ジークフリートに下穿きも取り去られ、マリーアは全裸になる。このまま愛撫されるのかと思いきや、ジークフリートが自身の上衣を脱ぎ始めた。平民の服のときも野性的で素敵だったが、刺繍《ししゅう》の美しい優雅な上衣の釦をひとつずつ外していく姿というのは妙な色気があるものだ。

「見惚れているの？」

不遜な下目遣いで言われたのに、マリーアは、反発するどころかドキドキしてしまう。

「そ、そんなこと……ある……」

マリーアが顔を背けると、ジークに顎を取られ、顔を彼のほうに向けられる。ジークフリートが背を屈め、覗き込んでくる。

「……あるんだ？」

「す、少しだけよ」

「うれしい」

ジークフリートがはにかんだような笑みを浮かべた。こんな表情はお日様のもとでは見たことがない。自分だけのジークフリートを手に入れたようで、マリーアもまたうれしくなった。

「ジーク、大好き」

「私も。だから、全ていただく」

舌なめずりするジークフリートの瞳が劣情を帯び、マリーアは快楽の予感にぞくりと浸食されていく。

「まずは首筋……」

湿った舌が耳の裏から首筋を這っていく感触にマリーアは「ふぁ……」と気の抜けた声を漏らして肩を竦めた。舌が鎖骨までたどり着くと、ジークフリートが唇を離して乳暈を口に含み、強く吸ってくる。

彼の動きには迷いがない。以前、マリーアの体を探って得た反応を確実にものにしている。

——勘だけじゃない、頭もいいんだわ……。

マリーアはすがるようにシーツを掴んだ。自然と腰が浮き、嬌声が口を突く。

「あ……ジーク……ひゃ……ぁ……んっ……あ」

その間《かん》も、ジークフリートは彼女の胸の蕾《つぼみ》に舌をからめて強く吸ってくる。しかも、吸ってないほうの乳首は指でつまんで引っ張られている。さらには、マリーアの両脚の間に、ジークフリートが体を滑り込ませてきた。

マリーアは過度な快感を逃そうと、彼の腰に脚をすりつける。お互い何も身に着けていないので、彼のがっしりとした腰を太ももに直に感じ、マリーアは気が遠くなりそうになる。

「マリーア……もっと舐めたいけれど、そろそろ限界だ」

ジークフリートに呼びかけられてマリーアが薄目を開けると、彼が何かに耐えるかのように目を眇めていた。なぜだか妙にセクシーに感じられて、マリーアは快楽の予感に震える。

ジークフリートが、切っ先で蜜芽をぐりぐりと圧してきたと思ったら、その尖端を谷間に沈ませ、そこに咲く花弁をかき分けてねじ込んでくる。

「ぁ……んっ」

マリーアの腰が自ずとびくんと跳ねた。

「可愛い声を出して……」

呻くようにそう言うと、ジークフリートがマリーアの太ももを掴み上げ、腰を圧しつけることで、ぬるりと彼女の中へと滑り込み、最奥まで占拠すると、そこで動きを止めた。

「君の中、温かくて、ぎゅっと抱きしめてくれて……ずっとこうしていたいぐらいだよ」

それはマリーアも同じだ。こうしているとまるでひとつになったようで、彼自身を繋ぎとめるかのように自分の中がひくついているのがわかる。この収斂《しゅうれん》を感じていると、マリーアはど

こか遠くに行きそうになるが、どうしても伝えたくて、息も絶え絶えに言葉を紡ぐ。

「……ジーク……あなた、もう、一人じゃ……ないわ……」

マリーアが太ももをわななかせながら、あえかな声でそんなことを言ってくる。マリーアはジークフリートの孤独を感じて、体を捧げて慰めようとしているのだ。

「マリーア……君は……優しいね」

ジークフリートは腰を退いて、彼女の中から剛直を半ばまで引きずり出す。蜜壁が擦られたのか、マリーアが甘い吐息を漏らして身をよじる。

蠟燭《ろうそく》の橙色《だいだい》の光を帯びた瞳は陶然と細まり、眦《まなじり》に涙が光っている。口は半開きのままだ。官能的な表情を目の当たりにし、彼は性をますます昂らせる。

ジークフリートは再び彼女の最奥まで穿つ。やわらかな襞《ひだ》が吸いつくようにうねるものだから、抽挿が性急になっていく。その動きに合わせて乳房はふるふると揺れ、マリーアの喘ぎ声が止まらなくなっていた。

「あっ……あ……も……だめ……ふ……ぁふ……」

マリーアが彼に圧され、少しずつ後退していくので、ジークフリートはシーツから手を離し、片手で彼女の手を握り、もう片方の手で細腰を掴んだ。彼女の締めつけがきつくなってきている。以前、こういう反応のあとにマリーアは達していた。

——そろそろだな。

ジークフリートは腰をぶつけるたびに両手でマリーアを引き寄せる。蜜と汗でまみれた太ももと大腿が弾けるように触れ合う。なんという密着感。蕩《とろ》けるようだ。今すぐにでも爆《は》ぜそうだが、彼女より先に達《い》きたくなかった。

「マリーア……いっしょに……」

と、ジークフリートが耳元で囁いたところで、マリーアが「あ、もう、だ、めぇ」と小さく叫んだものだから、彼はもう我慢をやめて、彼女の中で情熱をほとばしらせた。

さっきまで彼の手をぎゅっと掴んでいた手はゆっくりと開き、マリーアは、はぁはぁと胸を上下させている。

薄目を開け、呆《ほう》けたように口を開けたまま息をするマリーアからジークフリートは目を離せず、彼女の両脇に手を突いてじっと見つめていた。

やがてマリーアがゆっくりと瞳を全開させた。彼女の青い瞳は、昼間とは違う深みがある。

――なんて、美しい……。

この強く美しい女性《ひと》がジークフリートの心を救おうとしてくれた。

「マリーア……大げさでなく、私は今、生まれ変わった」

「……え？」

「ディレクが失脚したので、私が完璧でなくても、父は私を皇太子の座から外せない。そして、なんといっても私には君がいる」

マリーアが彼の首をかき抱いた。

「ジーク、そうよ。これからは一人で戦わなくていいのよ」

「ああ。だから、君も委縮《いしゅく》しないでほしい。私たちはここで幸せになろう。もうすぐ春だ。結婚する時期としてはいい口実になるだろう」

「私も、しばらくはいい娘《こ》にして、これだと帝国にお嫁に行っても問題を起こさないって父に思わせないと、また修道院に入れられてしまうわ」

ジークフリートが額をこつんとマリーアの額に当てて小さく笑うと、マリーアが微笑み返してくれた。

「そのためにも早くここを退散しないと……」

ジークフリートは理性を振りしぼって上体を起こした。すると、マリーアも体を起こして背後から抱き着いてくる。ふたつのふくらみが背に直に当たった。

「ジーク、行っちゃうの？」

ジークフリートが顔を振り向かせると、上目遣いで甘えた表情のマリーアがいた。

「そんな可愛い顔をして……私の決意を崩さないでおくれ」

ジークフリートは、マリーアの額にキスを落とし、なんとかベッドから這い出る。ベッドに横座りのまま、ジークフリートを見上げるマリーアに、彼は溜息まじりにこう告げた。

「正直……ずっと朝までここにいたいのは私のほうだ」

翌夕、マリーアが花々を織ったブロンドレースをふんだんに使った白いドレスに着替え終わったとき、ちょうどジークフリートの訪問が告げられた。

マリーアが身だしなみを整える部屋から応接室へ出ると、ジークフリートはその空色の瞳と同じ色の肩帯《サッシュ》を斜め掛けにした正装姿だった。

「ジーク、すごく素敵よ」

マリーアが感激していると、ジークフリートが駆け寄ってきて「君こそ、匂い立つような美しさだよ」と、抱きしめてきた。

ジークフリートに皇族用の控室に案内される。今日の舞踏会は婚約披露の場となるので、ここで皇帝と合流して、連れ立って舞踏広間に登場する予定だ。

黄金で縁取られた巨大な鏡を擁《よう》する控室には公妾アマーリエはおらず、皇帝だけだった。デイレクのことがあったからだろうか。

マリーアはここで、皇帝と一通りの挨拶をし、舞踏広間へと続く扉の前に立った。扉が開き、皇帝が舞踏広間に足を踏み入れると、楽団が一旦演奏をやめる。すぐにトランペットによるファンファーレが鳴り響くものだから、マリーアは急に緊張してきた。

するとそれを察したのか、ジークフリートがぎゅっと手を握ってくる。マリーアが見上げると、彼がうなずきで返してくれた。

トランペットの演奏が終わると、皇帝が厳《おごそ》かに話し始める。

「皆の者、今日はめでたい日だ。皇太子ジークフリートはこんなにも美しい婚約者を得ることができた。ミヒャルケ公国公女マリーアである」

紳士淑女の拍手が巨大な舞踏広間に響きわたる。

大勢の人たちの視線を一身に浴びてたじろぎつつも、マリーアはなんとか微笑を作った。

ジークフリートがマリーアの腰を引き寄せ、笑顔を向けてくる。

「この春、マリーアと結婚したいと思っております。ですが、これは父から公女を勧められたからではありません。私が公女に一目惚れしたからです」

今度は歓声が湧き上がる。次はマリーアの番だ。

「ご紹介にあがったマリーア・エデルガルド・ハルシェンブッシュ・ミヒャルケと申します。修道院から出てきたばかりで、舞踏会に参加すること自体、本日が初めてですが、このように歓迎していただき、大変うれしく思っております。どうかよろしくお願い申し上げます」

美しく初々《ういうい》しい婚約者に、さらに大きな歓声が巻き起こる。

その姿を、目を潤めて眺める者が二人いた。

カロリーネとクルトである。二人は平民だが皇太子と公女の側近ということで、特別に舞踏会に招待されていた。

ジークフリートがマリーアを舞踏広間の中央までエスコートすると、楽団がお祝いの曲を演奏し始め、やがて皆が踊り出す。

喜びとともに一抹の寂しさを感じながらそれを眺めていたクルトは、同じ表情をしているカロリーネが横にいることに気づく。彼女は、今日は侍女の格好ではなく、可愛らしいピンクのドレスを身にまとっていた。

「カロリーネ、私と踊っていただけますか?」

「え、あ、あなた、クルト? 見違えましたわ。ぜひお願いいたします」

初めてお互いを男女と意識した二人は、彼らの主《あるじ》と同じく、めいっぱいダンスを楽しんだのだった――。

一方、マリーアはジークフリートと踊ったあと、従兄のパルドゥルにダンスに誘われた。踊りながら、パルドゥルが感慨深げにこう言ってくる。

「一時はどうなるかと思ったけれど、こうして我が帝国の舞踏会でマリーアと踊れるなんて喜びも一入《ひとしお》だな」

「あら、私もですわ。パルドゥルお兄様がいらっしゃるから、ここが外国《とつくに》の社交界という気がしませんの」

踊り終わると、マリーアはパルドゥルと二人で壁際にいる伯母ローザリンデと公爵夫人エリーゼのほうに向かう。マリーアの両親は皇帝と歓談中なので後回しだ。伯母は、最近は社交界に顔を出していなかったそうなのだが、今日はマリーアの婚約発表なので来てくれた。

「伯母様ともここでお会いできるなんてうれしいわ」

マリーアが近づくと、ローザリンデに手を取られる。

「マリーア、本当にきれい……幸せそうで何よりよ」

ローザリンデが涙ぐんだところに、ジークフリートがやってきた。

「ローザリンデ様、マリーアは必ず私が幸せにします」

「あら、もう誘拐はよしてくださいね」

ローザリンデが意味深に微笑むと、ジークフリートが小声で囁く。

「あれも、マリーアとスケートをしていたことも、ご内密にお願いいたしますよ」

「ジーク、伯母様が私のスケートの師匠なのよ？」

「ローザリンデ様が？」

「ええ。そうなの。私がジャンプの練習をしていたのは、伯母様に二回転をお見せしたかったからなの。もうすぐ春になってしまうから来年に持ち越しね」

「いや、今年のうちにお見せしないと」

ジークフリートがきっぱりとこう言うものだから、マリーアは戸惑ってしまう。ジークフリートに屈んでもらい、耳打ちする。

「でも、どこでお見せするって言うの？」

「いい噴水があるんだ。最近寒いし、噴水なら溺れようがないだろう？」

「ええ？　もしかして、あの派手な宮殿前の噴水⁉　お転婆なところを自ら社交界中に披露《ひろう》だなんて、父に怒られるのは目に見えているわ」

「いや、皇族しか入れない裏庭があってね、そこにも大きいのがあるんだ」

「で、でも……宮殿でそんなことして、いいものかしら」

戸惑うマリーアに、ジークフリートが含み笑いをする。

「来年なら君が妊娠しているかもしれないよ？」

そんなことを考えていたのかと、マリーアは顔を熱くした。

「母上、マリーアはすぐに殿下と二人だけの世界に入ってしまうのですよ」

パルドゥルが肩を竦めると、ローザリンデは「仲がいいのは何よりよ」と、目を細めた。

ジークフリートがローザリンデの前に出る。

「ローザリンデ様、今晩、宮殿にお泊まりになるのでしょう？　明朝、お見せしたいものがあるんです」

そんなわけで、翌朝、まだ人《ひと》けのない時間に、マリーアは白い毛皮のコートを羽織り、ジークフリートと宮殿裏の中庭へと入る。

そこには宮殿前の噴水ほどは大きくないが、中央に置かれた黄金の鷲の像から水が噴き上げる豪華な噴水があった。ただし、今は噴き上がったままの状態で水が凍っている。

噴き上げ部分の面積が狭く、周りの池が広いので、滑りやすそうだ。

マリーアはジークフリートとここでスケートをして体を温め、時間を置いてカロリーネにローザリンデを連れてきてもらう。

「まあ、まあ何を見せてくれるっていうの？」

しばらくして、ローザリンデがうれしそうにやってきた。

「伯母様、私、三回転ができるのよ。自分だけの力ではないのだけれど、そのほうが素敵でしょう？」

「三回転⁉　すごいわ。二人で力を合わせたからできるのね？」

「ええ、そんなところです。寒いので、ローゼリンデ様はあちらへどうぞ」

ジークフリートが手を差し出したほうには、六角形のガラス張りの東屋がある。ここからならそんなに寒くないと考えてのことだ。

マリーアはジークフリートとまず噴水の周りを何周かしてから、社交ダンスのポーズを取った。

ジークフリートが、「一、二、三」と、リズムを取り、ワルツをくちずさむ。相変わらずいい声だ。ジークが右足を踏み込み、マリーアは後ろ向きに滑る、彼の手の下で、マリーアがスピンでくるくると回り、そして一番の見せ場は――。

「マリーア、行くよ」

事前の練習でもうまくいったから大丈夫だ。

ジークフリートがマリーアの腰を掴んで抱き上げ、くるっと回して手を離す。マリーアは宙で三回転して着氷した。その瞬間、大きな拍手が聞こえてきた。

いつの間にかローザリンデが東屋から出てきたようだ。

マリーアはジークフリートと片手を繋ぎ、片手を掲げるポーズを決め、片足を斜めにして氷を削って止まった。

さっき拍手が上がったと思ったほうにローザリンデはおらず、東屋から拍手をしながら出てきた。もっと近くから拍手が聞こえたような気がしたが、勘違いだったようだ。

「素晴らしいわ！　氷上で社交ダンスをするなんてよく思いつきましたね」

ローザリンデが感嘆したように手と手を合わせて、噴水に近づいてくる。

ジークフリートがローザリンデのほうへと滑り出すので、それに引っ張られてマリーアも池の縁《ふち》へと移った。

「そうなの。二人で考えたのよ。ね？　私、三回転できたでしょう？　気持ちよかったわ」

「見ているほうも爽快でした。私が若ければ、殿下に放り投げてほしいぐらいですわ」

「ローザリンデ様。私はスピードスケートをやっていましたが、マリーアに教えてもらって、氷上で踊るのにすっかりはまってしまったのですよ」

ローザリンデがクスリと笑った。

「お二人なら、これをスポーツ競技にできるのではありませんか？」

マリーアとジークフリートは同時に顔を向き合わせた。

「それも素敵ね？」

「スポーツよりも、バレエ団みたいに、氷上ダンス劇団もいいかもな」

そのとき、「それは面白そうだな」と、皇帝の声がして、マリーアは仰け反りそうになる。

――結婚前にこんな姿を見られてしまった！

あの拍手は皇帝のものだったのだ。両親からお転婆がばれないようにと釘を刺された矢先に、これだ。

マリーアが真っ青になっているというのに、ローザリンデが「あら、陛下」と呑気《のんき》に声を掛けているではないか。

「ローザリンデの姪《めい》っ子は、君に似ているね」

「あら、皇太子殿下も、陛下のお若いころに似て凛々しくていらっしゃいますわ。マリーアは、私に似てお転婆娘ですが、どうかよろしくお願いいたしますね」

「父上、いつからそちらに……？」

「いや、裏庭へ向かうローザリンデを見かけたものでな」

――結構始めからご覧になっていたんじゃないの～！

青ざめるマリーアを後目《しりめ》に、ローザリンデがジークフリートに、にこやかに語り掛ける。

「陛下のお墨《すみ》つきも得たことですし、氷上ダンス劇団を結成してくださいな」

「それはぜひ」

ジークフリートが承知しましたとばかりに、片手を胸に当てる丁寧な挨拶をした。

「おまえは余と好みが似ているようだな」

意外な言葉が皇帝から放たれ、ジークフリートは「え?」と、小声を発する。

「今なら時効だから言うが、ローザリンデは余の憧れの女性だったのだよ。残念ながら知り合ったときはすでに公爵夫人で、何も起こらなかったけれどな」

ジークフリートが呆れたように半眼になる。

「母が、いつも機嫌が悪かったわけですよ」

「まあ、心の中ぐらいは自由だろう。そう言うな」

父親の言を受け、ジークフリートが急にハッとしたような表情になってマリーアに顔を向ける。繋いだ手に力をこめた。

「マリーア、私は心の中も妻一筋だからね?」

マリーアが苦笑いになってしまったところで、皇帝が加勢してくる。

「そうだ。ジークはマリーアが平民だと思っていたときから君一筋だ。安心してくれ」

──ん? それは皇帝には秘密じゃなかったっけ?

案の定、ジークフリートが「父上、お気づきだったんですね」と、驚きの声を上げている。

「今のスケートを見たら、昨日今日知り合ったとは思えなかったぞ？」

「大公に明かさないよう頼まれているので、ご内密でお願いいたしますよ？」

ばつが悪そうに言うジークフリートに、皇帝が片方の口角を上げて応えると、マリーアのほうに顔を振った。

「マリーア、君はローザリンデの若いころに似ている。この宮殿を明るくしてくれ」

マリーアは、ぽかんとしてしまう。

「まあ、それは……池でスケートをしたり、騎馬で出かけたりするお許しをいただけたということですの？」

「これは参った。ローザリンデを凌《しの》ぐ活発さだ」

皇帝が横目でローザリンデを見ながら笑ったので、皇帝は思ったより怖い人ではないのかもしれないと、マリーアは胸を撫でおろす。

あとで、マリーアはジークフリートにこう耳打ちされた。

「父とこんなふうに口が利《き》けるようになる日が来るなんて思ってもいなかったよ。マリーア、君のおかげだ」

エピローグ

第二皇子が失脚したあともアマーリエの地位は公妾のままだったが、彼女の実家である子爵家の力は急速に衰えた。

そんな暗い話題を払拭《ふっしょく》するかのように、春、マリーアはジークフリートと結婚した。今や、オーレンドルフ帝国の社交界の話題は、皇太子夫妻の仲睦《むつ》まじさのことばかりだ。

そんなある日、皇太子夫妻の寝室でジークフリートが目を覚ましたときのことだった。淡い光がベッドに入ってきている。

——もう朝か。

昨晩も止まらなくなって三回してしまったが、もう一戦と思い、ジークフリートは横に手を伸ばす。が、ベッドにマリーアがいない。上体を起こして天蓋から垂れるドレープの外に目をやると、マリーアが長いムチを振り回していた。

——ヒュンヒュンという音がすると思ったら、これだったのか。

鞭《むち》で愉《たの》しむ男女がいると聞いたことがあるが、彼自身が鞭で打たれて喜びを感じられるとは、ジークフリートには到底、思えなかった。

——とはいえ愛するマリーアが新しい扉を開けたいというなら……つきあってやるべきではないか。

そんな葛藤をしているところで、マリーアがジークフリートに気づいた。

「あら、おはよう。ところでジーク、この近辺に渓流《けいりゅう》はあるかしら？」

「渓流？」

渓流と鞭に何か関係があるのだろうか。

「春になってスケートができなくなったでしょう？　だから魚釣りはどうかと思って」

「え？　魚釣り？」

これは鞭ではなく、釣り竿《ざお》だったようだ。よく見たら細い竿に長い糸がくっついており、竿の先からその糸が垂れている。

——それにしてもしなやかな竿だな。

「フライフィッシングは私の国では貴族のスポーツなのよ？　虫に模《も》した毛鉤《けばり》を作るのも楽しい作業だわ」

マリーアが一旦、釣り竿を壁に立てかけ、黄金の装飾がついた木箱を開けて見せてくる。

そこには一見虫のようなカラフルな毛を生やした釣針があった。

「本物の虫は苦手だけど、フライは美しいでしょう？」

鞭でなかったことに内心ほっとしながらも、ジークフリートは彼女の腰を引き寄せる。マリーアが箱を近くの飾り棚に置いた。

「今日の午後、三時間ほどなら時間を作れる。渓流に案内するよ」

「早速今日？　忙しいでしょうに、ありがとう！」

マリーアがジークフリートに抱き着いてくる。となると、このままでいられるわけがない。

「マリーア、君のためなら、どんなに忙しくても時間を作るよ」

ジークフリートが顔を近づけると、マリーアの双眸がうっとりと細まった。元々顔の造形は美しかったが、どんどん色っぽくなって磨きがかかっている。

――マリーアを変えたのは、この私だ。

そう思うと、ジークフリートの中で、愛おしさと喜びがとめどなくあふれ出してくるのだ。

唇を重ね、自ずとお互いの舌をからめ合う。マリーアの舌は小さくて可愛い。目を瞑り、頬を赤らめて舌を出している彼女はもっと可愛い。時々立つ、ちゅぱっという水音さえも愛おしい。

ジークフリートは片手で、ネグリジェの上からマリーアの乳房を揉んだ。その瞬間、彼女の体全体がびくっと反応したのが伝わってくる。そんなことがとてつもなくうれしい。

ちゅっと彼女の舌を吸ったあと、唇を離す。

マリーアの半開きの口からは滴りが零れている。胸の頂がしこり始め、体の力が抜けてきた。

ジークフリートはマリーアを半回転させ、自身の胸に彼女の背を押しつける。

ジークフリートは彼女の頭頂にくちづけ、首元にあるリボンを外した。するとネックラインが広がる。彼は手でさらに襟ぐりを広げて白い背中を露わにする。

結婚後わかったことは、マリーアは背中も弱いということだ。

ジークフリートは背にくちづけを落としながら、両手を彼女の下腹に回した。それだけでマリーアは顎を上げて熱い吐息を放つ。彼のガウンは前が開《はだ》けていて、彼女のふわふわの金髪が直に胸板をくすぐってくる。

「マリーア……」

ジークフリートは背後からマリーアの耳を甘噛みし、それを合図とするように、片手を彼女の下肢のほうへ、もう片方の手を胸のほうにずらしていく。

「……ジ……ジーク……んっ」

マリーアからあえかな声が漏れ出す。ジークフリートの手が、乳房と股座、両方を同時にとらえる。乳房をすくい上げるように揉みながら、指で、ネグリジェ越しに突起をつまみ、もう片方の手は、中指を彼女の秘裂に沿わせて前後に擦る。指にまとわりつくリネン布が徐々に湿っていく。

マリーアが立っていられなくなったのか、飾り棚に手を突いたので、耳から唇が離れた。彼女が屈んだことで彼の大腿に臀部のふくらみが押しあてられる。ジークフリートは股座から手を離し、下向きになり大きさを増したふたつのふくらみを両手で同時に揉みしだいた。

「あっ……ジーク……ふぁ……ぁあ……んぁ……あっ」

マリーアの嬌声が止まらなくなっている。ジークフリートは腰を落として、猛《たけ》った欲望を布越しに秘所に押しつける。彼女の腰がびくんと跳ねた。両胸の蕾《つぼみ》を引っ張ったり、掌で撫で回したりしていると、マリーアが身をよじって喘《あえ》ぐ。

「も……だめ……ジーク……ちょうだ……」

そうつぶやいて彼のほうに振り返ったマリーアの瞳には涙が滲んでいた。

「マリーア、私なんて、もっと前から君が欲しくてたまらなくなっていたんだよ？」

ジークフリートはマリーアのネグリジェをめくり上げ、円く白い双丘を露わにさせる。その谷間に剛直を押し込み、一気に最奥まで貫く。尻のふくらみが腰に当たる。弾力がたまらない。

「はぁ……あっ」

マリーアが背をしならせた。

ジークフリートは張り出した乳房の尖端を指でぐりぐりとしながらも、腰を少し退いては、ぐっとぶつける。そのたびにぐちゅりと水音が立つ。退くたびに蜜がかき出され、彼の大腿をも濡らしていく。しかも蜜壁が彼自身をからめとるように蠕動《ぜんどう》するものだから、剛直は張り詰めて嵩《かさ》を増し、その蜜壁を強く擦っていく。

「マリーア……そんなに……締めて……」

ジークフリートはゆっくり抽挿することができず、動きが速くなっていく。

「……あ……ジーク……気持ちぃぃ……」

「私も……だ」

マリーアが崩れ落ちそうになったので、ジークフリートは彼女の細腰を掴んで支える。ぐぐっと腰を密着させ、中に熱いものをぶちまけた。

マリーアがぐったりとしているので、ジークフリートは性を抜いて彼女を抱き上げる。ベッドに横たわらせ、彼自身はその隣に座ってマリーアが起き上がるまで彼女のふわふわの金髪を撫でていた。


ジークフリートは午後の執務を終えると、早速マリーアと騎馬で渓流へと向かう。森の中にあるので馬車で行くのは無理だ。この点、マリーアは乗馬が得意なのでありがたい。

春の木漏れ日の中、爽やかな風を感じて二人、馬を走らせるのは、それ自体が楽しかった。せせらぎの音が近づいてくると視界に、透明度の高い川の流れが現れる。

「まあ、素敵」と、マリーアが感嘆していた。

春の陽を受け、新緑を映し出す清流は神秘的ですらあった。

ジークフリートとマリーアだけでなく、従者たちも馬から降り、釣りの準備に入る。

クルトが、カロリーネから毛鉤のつけ方を習っていた。クルトはカロリーネと恋仲になったそうで、最近、『殿下のお気持ちがようやくわかりました』と、告白されたばかりだ。

――まるで私とマリーアの幸せが波及したようだ。

ジークフリートが二人を見て胸を熱くしていると、マリーアに、「はい、どうぞ」と、しなやかな釣り竿を渡されたので、受け取った。

マリーアが先端の毛鉤を指さし、得意げにこう告げてくる。

「春だから、蜻蛉《かげろう》に模したニンフフライなのよ」

――この表情はマリーアと会ったばかりのときの、あれだ……。

ジークフリートに〝師匠〟スイッチが入った。

「はい、師匠」

「そ、そんな師匠だなんて」

マリーアが頬を赤らめてまんざらでもなさそうな表情になるものだから、あまりの可愛さにジークフリートは抱き着きそうになってしまう。が、そんなことをしたら、釣りに集中していないと、不愉快がられるのは目に見えている。

――何かいやなことを思い出すんだ。

ジークフリートは軟禁中のディレクの今を想像することで、なんとか高揚した気持ちを収めることができた。

──私を殺そうとしたのだから、あれは仕方なかったのだ。

「どうしたの？　深刻な顔をして？」

「いや、真面目に取り組もうとしていたところだ。この釣り竿を川に垂らせば、魚が寄ってくるわけだな？」

マリーアが厳かな師匠の顔になった。

「フライフィッシングは垂らし方にコツがいるんです。魚に勘づかれないように糸を遠くに投げないと……まずは練習しましょう」

「はい、師匠」

ジークフリートはマリーアを真似て、竿をしっかりと握る。

「この竿についている糸がフライライン。このフライラインを前後に振ります」

マリーアが竿を前後に振っているので、ジークフリートも真似《まね》して振る。

「肩に力をこめてはいけませんよ」

「そうか。意外だな」

「力を入れずに、後ろにフライラインが伸びたら、伸びきりそうなときにゆっくりと前に下ろすのです。そうするとなめらかなループになります」

「はい、師匠」

「もっとゆっくり」

「はい、師匠」

「力を抜いて」

「はい、師匠」

しばらく練習したら、今度は本番である。川辺に二人並んで立った。

「では、さっきの通りに、竿をゆっくりと上げてから前に下ろしてくださいね」

「はい」

ジークフリートは、できるだけ力を抜いて糸の先を遠くの水面に届ける。

マリーアも竿を伸ばして遠くへフライを浮かべた。真剣な表情が可愛くてつい、頬にくちづけてしまう。

「だめよ、今、私は師匠なんだから」

そうだ。こういうときに不埒《ふらち》なことをすると不興《ふきょう》を買うのだった。

――さっき、なんのためにディレクを利用したというのか。

ジークフリートが反省をしていると、すごい力で竿を引っ張られる。

「魚⁉」

初めての体験に、ジークフリートは驚いて竿を引き上げようとした。

「ジーク、すごいわ！　相当大きそう！　でも竿を引っ張ったらだめよ」

マリーアが彼の手をその小さくすべすべな手で覆った。

「この糸が持っていかれないように竿といっしょにしっかり掴んで、糸を少しずつ引っ張って魚を川辺に寄せるの」

マリーアの胸のふくらみが腕に当たる。

——釣りも……悪くない。

マリーアが後ろに振り返った。

「カロリーネ、ネットと魚籠《びく》を持ってきて」

「はい」

ジークフリートがマリーアの指導で、ゆっくりと魚を川べりに誘導すると、クルトがラケットに網がついているようなネットで魚をすくった。その魚が大きかったものだから、みんなで歓声を上げる。

と、そのときマリーアが目を見開いた。

「これ、ドリーバーデンじゃなくて、ブラウントラウトよ！」

ジークフリートは正直、魚の種類の差などわからない。

「え？　何か問題が？」

「ブラウントラウトは警戒心が強いから、滅多《めった》に釣れないのよ……ジーク、いきなりブラウントラウトとは、さすがね。またしてもすぐに超えられてしまったわ」

マリーアが羨望の眼差しを向けてくる。

「師匠の教え方がいいからだよ」

ジークフリートが本音でそう言ったのに、マリーアが顔を逸らし、魚籠の中で跳ねるブラウントラウトに視線を落とした。

「もう師匠とは呼ばずに、ただのマリーアでいいのよ……」

――まずい。落ち込み始めている。

「やっぱり教え方がいいからこそ、こういうビギナーズラックが起こるというものだよ?」

ジークフリートはそう言ってマリーアを励ました。

それからというもの、皇太子夫妻が暇を見つけてはフライフィッシングに出かける姿が散見されるようになる。

それで、貴族たちがマリーアをただの釣り好きだと思っていたところ、その年の冬、皇宮内の池が凍結したとき、皇太子妃の新たな一面を見て度肝《どぎも》を抜かれることとなる。

皇太子妃が皇太子とともに、氷上でダンスを踊り、跳んだり跳ねたり回ったりしているのだ。

おかげでマリーアのほうが氷の妃殿下と呼ばれることとなる。この〝氷〟が冷たいという意味ではなく、氷上を指すのは言うまでもない。

あとがき

スケートものを書くにあたり、観た映画は『氷上の王　ジョン・カリー』と『俺たちフィギュアスケーター』です。前者は実在の天才フィギュアスケーターの人生を追ったもので、スケート靴の進化をも凌駕する、人そのものの才能や表現力のすごさを感じました。

後者は、昔のスポコンマンガみたいな、そんな技ないやろ～、というツッコミ所満載の映画で、スケートものを書く上で、テクニック的なことより楽しさが大事だと開き直れました。

ところで今回、紙幅が足りず、後日談を書くのを断念しました。なのでここで……。

七年後、帝都に屋内アイスリンクが建造されます。十九世紀半ばにはあったので、そんなに突飛な設定ではないかと思います。リンクのお披露目の祝賀会では、皇太子一家四人のアイスバレエ団が踊る！　跳ぶ！　そして、帝国には一大アイススケートブームが起こります。

もちろん、ジークフリートとマリーアは、決して自分たちだけのためのリンクにせず、国民に開放し、利用者からとった使用料でちゃっかり建造費は取り返しますよ！

最後に、ラブラブな二人を初々しく美しく描いてくださった緒花先生に感謝申し上げます。

藍井　恵

皇帝陛下は後宮で初恋令嬢を溺愛する
Novel 藍井 恵
Illustration みずきたつ
乱れて、もっと、僕に夢中になるんだ
捨て犬の面倒をみることが好きな子爵令嬢フローラは、ある日、犬の引き取り手の伯爵家において、皇帝ジュリアーノを紹介され驚愕する。彼はかつて自分が仔犬と一緒に拾い世話をした少女ジュリアだった。彼はその頃、少女の姿をしており、政敵に追われ身を隠していたのだ。「僕を受けいれてくれるよね?」当時から好きだったジュリアーノの熱烈な求愛を拒めず、後宮で蕩かされる日々。だが皇帝は複数の妃を持つのが当然とされていて!?
好評発売中!

ガブリエラ文庫

MSG-087
こじらせ皇太子は女心がわからない 氷上の初恋

2020年2月15日　第1刷発行

著　者　藍井 恵 ©Megumi Aii 2020
装　画　緒花

発行人　日向 晶
発　行　株式会社メディアソフト
〒110-0016　東京都台東区台東4-27-5
tel.03-5688-7559　fax.03-5688-3512
http://www.media-soft.biz/
発　売　株式会社三交社
〒110-0016　東京都台東区台東4-20-9　大仙柴田ビル2F
tel.03-5826-4424　fax.03-5826-4425
http://www.sanko-sha.com/
印刷所　中央精版印刷株式会社

藍井恵先生・緒花先生へのファンレターはこちらへ
〒110-0016　東京都台東区台東4-27-5
(株)メディアソフト ガブリエラ文庫編集部気付 藍井恵先生・緒花先生宛

ISBN 978-4-8155-2046-5　Printed in JAPAN